U0926005

# 万物生而有翼

Rumi: the Book of Love

[波斯] 鲁米 著

[美] 巴克斯/英译　万源一/汉译

CNS PUBLISHING & MEDIA 中南出版传媒
湖南文艺出版社 HUNAN LITERATURE AND ART PUBLISHING HOUSE
博集天卷 CS-BOOKY

contents

# 目录

# 推荐序

张德芬

鲁米的诗作，终于要在华语世界正式出版发行了。这不得不归功于我工作和生活上的最佳伙伴。当初我给她介绍鲁米的诗，她着迷了。我搜索了一番，大陆很久以前出版过一本鲁米的诗集，但早就绝版了。台湾地区这么多年以来，也只出过几本不起眼的鲁米的诗集（其中一本我买过，叫《在春天走进果园》），没引起太多的关注。

但是我真的非常非常喜欢鲁米。他究竟是谁呢？他是波斯诗人，苏非派的神秘主义者，我不在乎他的这些头衔，我就是喜欢他的诗。相较于惠特曼或是纪伯伦，他的诗不但入世，而且内容广泛，更具有“人性”。他好像能把周遭所有的事物都信手拈来地发挥成诗作，所以他的作品量非常大。这次出版的是他的精品，字字铿锵有声又发人深省。

从他的生活来看，他本身就是一个非常入世的人，就像他亦师亦友的伟大修士夏姆士一样，可以在灵魂恍惚狂喜的状态和日常的体力劳动之间自由转换。他们彼此寻找对方，最终聚在一起，夏姆士对鲁米本身的修行和创作有巨大的影响，尤其是在夏姆士被鲁米身边嫉妒他的人杀害之后，极端的痛苦罪咎让鲁米的灵魂爆发出了最强大的创造力。本书对他们相逢、相知和相交的过程有详细的描述。

其实鲁米最有意思的是他的诗歌里面包罗了各种话题，尤其不忌讳性爱方面的话题，就像他说：“哈里发虽然阳痿，但是真正的男子汉。真正的男子气概，是克制感官享受的能力。”当然，对于爱情，他也是毫不吝惜地在诗中淋漓尽致地发挥。这又有一点像我们中国著名的诗人仓央嘉措，诗作表面谈的是爱情，其实说的是修行深层次的奥秘。

比方说："我想成为你赤足走过的地方。因为，也许在你迈步之前，你会看着地上。我想要这样的赐福。"还有："恋人和心上人的爱抚，多么熟悉而谦恭，但在其中有一种莫名的冲动，它要创造一种会消融所有其他形状的形式。记住，通往圣地入口的大门，就在你的内在。"所以，表面上看起来是和恋人之间的爱情，但其实爱情也不过是帮你靠近自己内在神圣的一条管道。"如果你爱上爱情，那就寻找你自己。"这真是经典名句啊！

我还喜欢的一段是："我们如何才能从内在了解神性的品质？如果我们只通过比喻了解，那就像是当孩子问性爱是怎么回事时，你却回答：'就像糖果，非常甜蜜。'性爱的本质伴随愉悦而来。无论你如何谈论奥秘，我知道，或者，我不知道，这两种说法都接近真相，这两种说法都不算是谎言。"这里面深沉的含义可能真的需要我们自己好好地沉思冥想、琢磨了。

当然，鲁米也表达了爱的最高境界，而且表述得非常入世、落地："没有什么爱，能胜过没有对象的爱，没有什么工作，能比没有目的的劳作更令人心满意足。"这种境界是令人神往的，没有目的的劳动，像随手画画、种地甚至做家务，都可以是一种令人心满意足的修行方式。而没有对象的爱，就是大爱，那才是真爱。

鲁米也极其喜爱动物和植物，他在诗作当中常常以各种动物和植物为对象来发挥。比方说："人们希望你快乐。不要继续用你的痛苦来服务他们！如果你能解开你受缚的翅膀并释放你嫉妒的灵魂，你和你周围的每一个人就会像鸽子一样起飞。"还有："我说的话语，让我酣醉。夜莺、鸢尾花、鹦鹉、茉莉：我说它们的语言，同时也说出，我对夏姆士·大不里士的思念。"

很多人说鲁米是同性恋者，即便他有妻有女，但是我个人觉得，他对夏姆士的爱，并不是那种肉体的情欲，因为他表达的意境实在太美了："在我耳边，除了你的声音，我什么也听不见。心儿已夺走了头脑的口才。爱写下透明的字句，所以，在空白的书页上，我的灵魂就能阅读和回忆。"

反正他身边所有的事物，都会被他信手拈来成为诗作的内容，这一首我也很喜欢："有一个我们想要的吻让我们渴望一生，那是灵魂对身体的轻触。海水恳求珍珠，张开它的蚌壳。百合花，多么热切地想要一个疯狂的爱人！在夜里，我打开窗，邀请月亮光临，并将它的脸与我的脸相贴。把我吸进你的呼吸。关闭语言之门，打开爱的窗户。月光不会由门而入，而只会跳进窗口。"多美啊，让你一个人深夜静静地待在家中时，都可以去感受诗中描述的那种意境，实在太疗愈了。

相较于其他灵性诗人，鲁米最让我感动的是他能够体会我们凡人情绪上的困扰，继而给我们一些指引。像他最受欢迎的一首诗《客栈》（我的微信公众号〔tefenchangpublic〕发过中英文对照版），就是描述每天我们的内在和外在都会迎来一些不受欢迎的客人，而我们就要像客栈一样，欢喜地接待这些人，没有分别心，不带批判，允许他们肆虐，他们会帮我们清空内在，继而容纳新的快乐进来。这首诗特别励志，我很喜欢读。

另外，他还深深地了解每个人有的时候早上起来，都会莫名其妙地陷入一种比较抑郁的感受，所以他安慰我们："今天，就像任何一天，我们醒来，空虚而又害怕。不要打开书房的门开始读书。拿起你的乐器。让我们所爱的美，成为我们所做的事。有千百种方法，跪下并亲吻大地。"其实，我自己常常在早上醒来时，感觉很需要一个母亲一样的人物，来和我这个小婴儿说说话："宝宝你醒啦？今天想吃什么啊？想去哪里玩啊？"哈哈，这不是我一个人的幻想和向往吧？可惜我们都不是小婴儿了，也没有一个这样温柔耐心的母亲可以每天这样迎接我们，所以，试着成为成人，自己找乐子很重要！鲁米的意思是，不要动用头脑去分析（不要看书），而是拿起你的乐器——这个乐器可能是你的音乐、你的画笔、你的笔墨砚台、你的植物、你的小狗、你的家人，任何可以让你心中有爱、有美的东西，都可以成为你的乐器——去表达、探索这个世界。毕竟，有千百种方式，可以让我们和地球母亲联结，这是最扎实的快乐和喜悦。

最后，我想以鲁米最经典的一首诗作为结尾："在对和错的观念之外还有一个所在。我会在那里与你相遇。当灵魂在那里的草地上躺下，世界就满得没法谈论。观念、语言，甚至'彼此'这个词，都没有任何意义。”我觉得鲁米说的这个所在就是一个非二元的世界，超越了所有的好坏对错、是非曲直，最终每一个人都能够回到那里，如果能在活着的时候到达那片草原，那就表示你开悟啦。那里不需要语言，因为所有的想法、言语、彼此这些东西，都是属于二元世界的。同样，喜悦、悲伤、幸福、愁苦这些东西，在那里也找不到。那就是我最喜欢的美国现代作家杰德·麦肯纳所说的真相——“恒久非二元觉知”（参考《灵性开悟不是你想的那样》这本书）。

是的，亲爱的，总有一天，我们都会在那里相遇。在那天来到之前，让我们好好享受二元世界的美丑、善恶、对错、好坏吧，谁知道无常和明天哪一个会提前到来呢?

# 导读

科尔曼·巴克斯

## 宏伟壮丽的心灵王国

在有些地方和时代，神秘的灵性之流在强劲有力地深深流淌。在公元前6世纪的希腊，在那个世纪的印度和中国。耶稣和沙漠僧侣，18世纪波兰和俄罗斯的哈西德派大师们，同一时期的日本禅师们，也是神秘之流的一部分。

从11世纪到14世纪，在波斯，伊斯兰教神秘主义派别苏非派蓬勃兴起，尤其是在诗人们中间。贾拉鲁丁·鲁米（1207—1273）就是那些人类认知与存在的传导者之一。苏非派称鲁米为库特布（Qutb），意思是爱之极。吉拉尼[①]（1077—1166）是权力之极，伊本·阿拉比[②]

① 吉拉尼于1077 年出生在里海南部的吉兰地区。18 岁时，他离开了家乡，前往巴格达——伊斯兰教的中心。他师从两位老师，然后在沙漠荒野漫游了25年。他在50岁时回到巴格达，于1127年开始公开教学。他死于1166年。他的墓是巴格达的一个朝拜地。

② 伊本·阿拉比于1165年生于伊斯兰教徒统治下的西班牙穆尔西亚。8岁时，随家迁至塞维利亚，开始在该地受教育。成年时，在西班牙和北非各地寻师求学，后住突尼斯。1201—1202年，经开罗、耶路撒冷到麦加朝觐，并在麦加开始著述《麦加的启示》。1204年后，游历了科尼亚、摩苏尔、巴格达、开罗等地。后定居于大马士革。在大马士革期间，完成巨著《麦加的启示》。1240年于大马士革逝世。——编者注

（1165—1240）则是知识之极。经由鲁米而来的，是神性由爱的领域向这个世界的传递。他的诗是他长时间生活在爱的核心中的经验记录。每一个人的内在，都有一个与神性相会的地方。这个相会之处就是人类的心灵。

有时候，我们感觉爱就是我们的专长。尽管这个时代充满了暴力，我们还是以许多不同的方式在爱。让我数数看。有多少人，就有多少种爱的方式，这个世界因各种各样的野花而显得绚丽多姿。我曾经做过一个梦，我看到的每一样东西都有一种蓝色调，我知道，我感觉到，那蓝色就是爱。我们无法用通常的视力看见爱，但在梦的视野中，爱就在那里呈现，将世界浸湿。我们知道，从外太空看，地球确实是蓝色的。

在诗歌朗诵会上，我这样谈论鲁米的诗歌："伙计们，这可不是乡村音乐。"听众大笑。鲁米说，要用这样一种方式坠入爱河，它会把你从任何束缚中解放出来。这与孤独的哀叹极为不同：她离开了我，她回到了我身边，她又离开了我。他的一些诗句已被谱成了歌曲。其中有一种分离之苦，但与流行歌词相比，这些诗句来自不同的领域。我并不是说，乡村歌曲中就没有智慧，应该有很多。但鲁米和夏姆士所沉浸其中的爱包含这些维度，并经由它们而进入苏非派所说的心灵深处。我找不到这个词的同义词，也没有多少这样的体验，但我遇到了一个生活在其中的人——巴瓦·穆哈亚狄恩。我自己并不是教导伟大的爱的谢赫[①]。我平庸、嫉妒、容易分心、健忘。我想要说的是鲁米和巴瓦的境界，而不是我的。在临死之前，邬斯宾斯基[②]在信中告诉J.G.本内特[③]，靠头脑什么也发现不了。他说："唯一的希望是，我们应该找到一种与更高的情感中心协作的方法。"这就是鲁米诗歌所做的工作。

苏非派说，心灵是"全面的人类现实"，爱的方式就是一条寂灭之路，是"仿佛它从来不曾存在过"的至福之路。我们最初的状态是非在，不存在，而我们应把大部分生命用来努力摆脱物质、摆脱头脑和欲望、回到存在与非在的深刻领域上，那里才是我们所属的核心。无梦的睡眠会让人恢复活力，我们却处于无意识之中，可以说，这是对这种状态的瞥见和浅尝。我们就在其中，但我们并没有这样的觉知。

绝对的纯粹自性、真如、人类的实相而非情节剧，就是存在的领域，正如禅宗经典《心经》中所描述的："无眼耳鼻舌身意。无色声香味触法。无眼界。乃至无意识界。"为了达到这一境界，你必须在你死前死去。《心经》让人懂得，在那种消解中没什么靠它自己存在。在狂喜的核心，一切相互渗透，心灵的视觉由此开始。

---

① 英语为sheikhs，阿拉伯语中的尊称。通常是指一个部落的统治者。——编者注

② 邬斯宾斯基（1878—1947），出生于莫斯科，并在那里长大。他能够记得两岁以前的事情，也曾写下一些这类记忆的片段，由于这些片段的内容与奇特感觉联结在一起，常常同时出现在他的脑海，因而决定了他一生的主要方向。——编者注

③ J.G.本内特（1897—1974），英国数学家、科学家、技术专家、产业研究室主任、作家。——编者注

一只碗从屋顶掉落。这并不是理论性的。它是对爱的寂灭的切实体验，也是最不可言说的经验，如果不可言说有程度之分的话。鲁米所有的诗都可以看成爱的诗歌。它们由悲伤、由每一道流经意识客栈的情绪之流来照料灵魂之花的开放。

爱的方式不是宗教性的。它是源头，是宗教性中的渴望。脚印消失在大海边。当我们向彼此鞠躬，脚变成了头，成了一个圆圈。没有人能说清，鲁米和夏姆士，他们谁是老师，谁是学生。恋人、心上人、爱，三者合而为一。透明和微粒的意象、一道道光线、中午的蜡烛、发生、呼吸融入天空的意象。我们在沉睡，并在另一场睡眠中醒来，我们一次又一次地醒来……当面纱、语言的迷雾、明显的限制燃烧殆尽。爱的每一个领域都通向展开。这本书也许看似有一种循序渐进的过程，从自发的徜徉到成为心灵的主人，但它也可以轻易倒转过来，或以任何顺序排列。心灵和它的许多领域，更像是互相贯穿的球体在运动，是同时发生的多重宇宙，而非一条线性路径。诗歌中的能量领域彼此融合，像海洋的不同层次，又像土壤的神秘运作，或是山间错综复杂的排水系统。

鲁米的转化是朝向大地的，是向下的，而不像一个人因渴望天国而向上飞升。在爱中，没有向上或向下，但如果一个人一定要说，鲁米的诗更多是与纯粹的超越者相伴，还是更多与悲伤的园丁在一起，那他会说，鲁米是一个拥抱大地的人，而不是向上高飞的人，他更偏向于贾马尔（jamal，女性化的包容），而非加拉尔（jalal，男性化的威严）。但正如鲁米自己反复强调的，爱几乎是无法形容的。爱必须活出来，爱总是在行动。

在1910年，当20世纪伟大的神秘主义诗人里尔克在开罗看见毛拉维教团[①]时，他说："对鲁米而言，他的视野已经转变了，因为这是深深臣服之人的奥秘。经由这样的臣服，他进入了那个在其中高度即深度的世界。这就是光明的深度展开的夜晚。"他指的是12月17日的夜晚，鲁米在1273年的这一天去世。如今，这一天被用来庆祝他与神性的合一。

① 一个13世纪时建立在安纳托利亚中部科尼亚的伊斯兰苏非主义教团，奠基人是鲁米。其最大的特点是祈祷时不断地转圈，目的是接近上帝。——编者注

## 鲁米生平简介

1207年9月30日，鲁米出生于阿富汗马扎里沙里夫以西的一个名叫巴尔赫的小镇。当时成吉思汗的蒙古大军正在西征，鲁米一家搬过好几次家，到过沃克什（Waksh，现在的塔吉克斯坦）、撒马尔罕、大马士革，最后在科尼亚（安纳托利亚高原中部）定居。鲁米的父亲巴哈尔丁是一个自成一派的神秘家，他以日记的形式记录下自己的灵性体悟和灵感。巴哈尔丁去世后，他的著作就成了鲁米最珍爱的书之一。他和他父亲以前的学生布尔汗丁·马哈奇一起研读这本书。他们也阅读萨纳伊和阿塔尔[①]的诗歌，布尔汗丁带领年轻的鲁米连续进行了几次40天的禁食静修。布尔汗丁本人是一个古怪的隐士，并不关心信仰和派系。他似乎已经让鲁米准备好开始

---

① 两人都是波斯伊斯兰教苏非派著名诗人。——编者注

他年轻神秘家的生活，而鲁米与夏姆士·大不里士的相遇是一个标志性事件。

1244年10月下旬，鲁米37岁。夏姆士比鲁米年长20岁，也许30岁。他们的见面和随后的密谈带来了新鲜的故事、神秘的觉悟和爱的狂喜的典范。他们的友谊是伟大的奥秘之一。鲁米的诗歌是对这一奥秘的持续反响。他们在物质层面的分离发生在四年之后的1248年12月5日。有关夏姆士是如何消失的，现在有不同的说法。富兰克林·刘易斯[①]认为，夏姆士被鲁米嫉妒的弟子所杀害的说法，“很晚才出现，只是口耳相传，并且几乎可以肯定毫无根据”。我们现在所能确定的是，我们所读到的诗歌充满了悲伤和狂喜的感觉。无论哪一个版本的传记体情节，都没有足够权威的证据。我们可以让侦探故事歇一会儿。我们有《夏姆士集》《玛斯纳维》《书信集》《讲道集》《鲁拜集》，内容已足够丰富！

夏姆士去世或失踪之后，鲁米又活了25年，在他领导的教团中继续修行，并给我们留下了惊人的遗产。他自然而然地说出诗歌。它们被记录下来，然后他在记录稿上进行修改。鲁米结过两次婚，他的第一任妻子古哈尔·可敦年轻时就去世了。她生了两个孩子，苏丹·维莱德和安拉尔丁。鲁米和他的第二任妻子基拉·可敦也生有两个孩子，儿子莫扎夫和女儿梅克里。

鲁米生活中最大的谜，当然是夏姆士·大不里士，那个令人惊讶而又古怪的云游僧，他有着沙漠之风的魅力。他曾跪倒在地，祷告要有一个和

① 波斯语言文学研究者。——编者注

他有同样见地的同伴。一个声音说道："你会为此而付出什么？""我的头。""科尼亚的贾拉鲁丁就是你的挚友。"他后来说，当他找到鲁米时，鲁米刚刚准备好接受他的秘密。但人们分不出，鲁米和夏姆士，他们到底谁是老师，谁是弟子。

梭罗[①]前往树林，过着简朴的生活，并找到了他内心最深处的自己。"我不希望过无法称之为生活的日子，生活是如此可爱。"有些句子让灵魂摆脱社会、个人的习惯而获得自由，这就是我们内心的新生。当夏姆士第一次见到鲁米时，他把鲁米的书扔进喷泉中，其中包括他父亲巴哈尔丁的心灵笔记，他说道："你现在必须活出你所阅读的智慧！"

鲁米放弃了他的书，他和夏姆士一起静修。鲁米要求燃烧。夏姆士说："我就是火焰。"正是这些诗歌化为他们的胆量和勇气，让他们进入未知的领域，这些心灵的象限是如此精微而多维。

我为什么还要寻求？
我和他一样。

他的本质通过我说话。
我一直在寻找我自己。

在与夏姆士的灵魂融合之后，鲁米找到了另一个挚友，金匠萨拉丁·扎

---

① 梭罗（1817—1862），美国作家、哲学家，超验主义代表人物，也是一位废奴主义者及自然主义者。——编者注

库布[①]，并和他一起做着开启心扉的工作。萨拉丁是一个老人（这个时期鲁米的诗歌变得更为安静温和）。萨拉丁去世后，鲁米的抄写员胡萨姆·切利比[②]成了他的知音。他们完成了厚达六卷的巨著《玛斯纳维》。在1273年12月17日日落时分，鲁米逝世了，天空变得殷红。有一种轻微的震颤，仿佛心儿在呢喃。“要耐心，古老的大地！”鲁米叫道，“你很快就会尝到你的甘露！”

---

① 萨拉丁·扎库布是科尼亚的一个金匠。据说，鲁米曾把萨拉丁从他的金铺中拉到街上，并开始聆听。鲁米在金铺铁锤的敲击声中听到一种自然纯粹的音乐，并进入一种狂喜状态。萨拉丁在1235年来到科尼亚，和鲁米一样，成了布尔汗丁·马哈奇的学生。当夏姆士在1244年到来时，这两个人经常在萨拉丁的金铺或家里见面。夏姆士失踪后，萨拉丁成了鲁米的挚友，并提醒鲁米这种深深的临在。在1248年，当萨拉丁去世时，鲁米带领弟子们跳起一种由笛子和鼓伴奏的神秘舞蹈，他们一路舞过科尼亚的大街，以庆祝萨拉丁的灵魂与神性合一。鲁米的长子苏丹·维莱德与萨拉丁的女儿法提米·可敦结婚，这使萨拉丁和鲁米的友谊得以进一步加强。

② 胡萨姆·切利比是鲁米的抄写员，曾是夏姆士的学生。一天，鲁米和胡萨姆在梅拉姆花园散步。胡萨姆建议，鲁米用“玛斯纳维”的形式（押韵的联句）作一首诗。于是，鲁米拉着他的头巾念出了将成为他的杰作《玛斯纳维》第1卷的序诗，那首著名的《笛赋》。在接下来的12年中，这样的神秘合作一直在延续。鲁米有时把《玛斯纳维》称作《胡萨姆之书》，他经常说，他自己是空空的芦笛，胡萨姆则是吹出《玛斯纳维》音乐的气息。

# 一、自由自在地徜徉

我拿出我的詹姆斯一世钦定本《圣经》，查阅《哥林多前书》第13节中关于仁慈的段落。科林斯有一种很小的红蚂蚁，它们沿着金色的边缘爬到顶端。心灵最喜欢做的一件事就是自由自在地徜徉。它看似是不动脑筋地随波逐流，但事实并非如此。它更像是堂吉诃德和桑丘踏上激动人心的冒险之旅，一半是堂吉诃德的不着边际，另一半是桑丘的脚踏实地。蚂蚁是我的老师。

我们看向一面昏暗的镜子，然后看到自己。一面擦得锃亮的镜子能向我们展现我们真正是谁。鲁米诗歌的徜徉是灵魂充满爱的行动的典范。当口渴开始寻找清水，水流就已开始从水罐中倾泻而出，也在寻找着口渴。爱的感觉就像是在沿着道的旋涡和水流中流动。

皮尔·维拉雅·汗[1]最近对我说："你的第一本鲁米诗集似乎非常性感。"他说得没错。在我演绎的第一本鲁米诗集中，确实充满了这样的能量，尤其是在一些四行诗中。我在写作时也有这样的感觉，当时我39岁。现在，我65岁。世事变迁，这并没有什么不妥。真正活着的生命总是在不断变化。

同性恋者认为鲁米的诗歌是关于同性恋的。我不同意，尽管我承认，我以前把鲁米的诗歌与情色之果相提并论是错误的。我现在不这样做了。鲁米比性爱和高潮更快乐，他的徜徉更有觉知、更自由。请参阅《乌姆鲁勒·盖斯[2]》。鲁米和夏姆士在那个国度徜徉。

也许我们这个时代最纯粹的徜徉者是木七尾[3]，就像芭蕉[4]是他那个时代最纯粹的徜徉者一样。加里·斯奈德[5]这样评论他：

这个亚热带东中国海的木匠和用鱼叉捕鱼的渔夫，发现自己既在家里，也在沙漠中。正因为如此，有一次，当一位有名的方丈吹嘘他的世系时，

---

① 哈兹拉特·伊纳亚特·汗的儿子和指定接班人，就学于索邦大学和牛津大学。在第二次世界大战期间，他曾是英国皇家海军的一名飞行员。皮尔·维拉雅在战后继续修行，向印度和中东许多不同的传统和大师学习。皮尔·维拉雅·汗属于奇什堤苏非教团世系，尊重自己传统的同时，他也不断开拓灵修之道。

② 乌姆鲁勒·盖斯（卒于约公元540年），被认为是阿拉伯语最好的前伊斯兰诗人。据说他是第一个在一首诗的开头提及失恋以吸引读者的诗人。——编者注

③ 木七尾（1923—2008），日本诗人。——编者注

④ 松尾芭蕉（1644—1694），日本江户时代俳谐诗人。——编者注

⑤ 加里·斯奈德（1930—　）20世纪美国著名诗人、散文家、翻译家、禅宗信徒、环保主义者。曾获得1975年普利策诗歌奖。——编者注

木七尾回应道：“我不需要世系。我是一只沙漠之鼠。”但说到他的独立性，木七尾的铺盖卷中背负着庄子、役行者、西行、一休、芭蕉和伊萨的业力。他在世上的工作或游戏就是拔出钉子，拧开旋紧的螺母，挣脱生锈的锁链，打开百叶窗。你可以把这些诗放进你的鞋子走上一千里。

## 沾满泥巴的双脚

当你听到肮脏的故事
清洗你的耳朵。
当你看到丑陋的事物
清洗你的眼睛。
当你有恶毒的想法
清洗你的头脑。
并且，
让泥巴沾满你的双脚。

——木七尾

⚜

请原谅我的徜徉。
一个人怎能让徜徉变得有条理?
这就像，计数花园中的落叶，

伴着鹧鸪和乌鸦唱出的
曲调。有时，计划和
计算，会变得荒谬。

## 五件事

我要说五件事，
由五根手指，通向您的恩典。

第一，当我与您分开，
这个世界并不存在，也没有别的世界。

第二，无论我寻找什么，
我始终在寻找您。

第三，我何必学会数到三?

第四，我的麦田正在燃烧!

第五，这根手指代表拉比亚[1]，
它也代表别人。
这，又有什么分别？

这些，是文字，还是泪水？
哭泣算不算是倾诉？
我的心上人，我该怎么办？

恋人这样诉说，他周围的每一个人
都开始和他一起流泪、疯笑、
呻吟，在恋人与心上人
正在展开的合一之中。

这就是真正的宗教。其余一切
都是被扔在一边的绷带。

这就是奴隶和主人的
共舞。这就是非在。

我认识这些舞者。
在这幻象的牢笼，
我日夜唱着他们的歌。

---

① 巴士拉的神秘主义女诗人。她认为，对真主的爱不应源于恐惧或期望，而应是对心灵之美的回应。她曾在一个美丽的春日早晨，坐在室内，闭上眼睛，教导外在的美景只是内心美善和慷慨的反映，而这就是真主的恩典。

## 许多种酒

真主赐给我们，一杯黑色的烈酒，
饮下它，我们就离开两个世界。

真主赋予哈希什[1]一种力量，
让品尝者从自我意识中解脱。

真主创造了睡眠，这样，
它就能抹去每一种思绪。

真主让马杰农对蕾莉一往情深
甚至她的狗都让他着迷[2]。

可以让我们沉醉的酒
有千百种，
但不要以为
所有的狂喜，都相同！

尔撒[3]陶醉于他对真主的爱，
他的驴子，则沉醉于大麦。

要向圣人的临在取饮，

① 哈希什（hashish）是用印度大麻提炼的一种麻药。——编者注

② 马杰农因深深地爱上了蕾莉而失去理智。

③ 相当于《圣经》中的耶稣，在伊斯兰教中，他被认为是真主的使者，被派遣为犹太人的先知。——译者注

而不要举起其他的酒罐。

每一样事物，每一个生命，
都是一只盛满欢乐的罐子。

做一个品酒师，
细细品味。

任何酒都会把你灌醉。
要像国王一样，只选最醇的美酒，

其中不掺杂一丝恐惧，
或急切的渴求。

畅饮令你心动的美酒，
就像一头被解开缰绳的骆驼，
自由自在地悠游。

## 煮熟的头

我得到一只酒盏，
太阳之泉在其中喷涌。

在两个世界的挚友，就像
麝香中琥珀的芳香。

我的灵魂，像一只鹦鹉，因芳香而雀跃。
扑扇的翅膀，是阳光下一扇敞开的门。

你见过集市上，他们叫卖
煮熟的头：其中隐含深意——

这是超越内在和外在的眼光。[①]
一头驴子在金牛座徜徉。

英雄不会与众人为伍
太久。我已动身前往大不里士，

尽管我的船，还停泊在这里。

## 爱的所在

看向内心，就会发现，一个人的爱
来自那里。这就是真相，
而非他们所言。

虚伪之人
看重形式、信仰的
方式是否正确。
相反，要在宇宙的光明中成长。

---

① 煮熟的头已超越头脑和欲望，超越内在和外在，摆脱了时空的束缚，却依然在这里，同时也在去往大不里士的路上。

当灵性呈现它自己，真主给了它
一千个不同的名字，那些有着
芬芳气息的名字中最小的一个，
是不需要任何人的那一个。

你让我如此分心，
你的缺席，将我的爱扇动。
不要问，这如何发生。

然后，你来到我身边。
“不要……”我说道。
“不要……”你答道。

不要问为什么
这让我满心欢喜。

在你的光明中，我学习如何去爱。
在你的美丽中，我学习如何作诗。

你在我的心中起舞，
那里，没有人会看见你，

但有时候，我能看见，

而这样的一瞥，成了诗的艺术。

⚜

鼓声响起，
它的节奏，就像我的心跳。

在鼓点中，一个声音说道：
“我知道你累了，
但是，来吧，这就是你的道路。”

⚜

难道你嫉妒海洋的慷慨？
为什么你要拒绝
把这份爱送给他人？

鱼儿不会将神圣的海水盛在杯中！
它们在无边的自由里畅游。

## 前面什么也没有

恋人认为，他们是在寻找彼此，
但只有一种寻求：在这个世界徜徉，
就是在那个世界徜徉，
两者都在同一片

透明的天空之中。在那里，
没有教条，没有异端。

尔撒的奇迹就是他自己，而非他对未来
说了或做了什么。忘了未来。
若谁能这样做，他就是我崇拜的人。

在路上，你会想要回头，或者不想。
但如果你能说，前面什么也没有，
那里就真的会什么也没有。

张开你的双臂，
用你的双手抓住你的衣服。
痛苦的药方就在痛苦之中。
好和坏掺杂在一起。如果你不照单全收，
你与我们就不是同道中人。

当我们之中有人迷路，
他并不是在这里，他必定在我们心中。
世上没有一个地方，和那里相像。

## 二、密谈：你在和谁说话？

对鲁米而言，外在的形式之美是聆听者的一种自然反应。玫瑰绽放，是因为它听到了什么。柏树长得高大挺拔，是因为爱的秘密在向它低语。优雅的语言因回应而来。在创造之前有一个问题：“难道我不是你的主人？”[①]即刻的回答是：“是的！”这就是我们身在此地、在三千亿个星系之中的原因。

我有一个朋友，她想要知道我在和谁约会，我爱上了谁，她会问：“你在和谁说话？”深厚的友谊会把人们引向爱和信任，引向眼睛、声音、心灵的神秘行动。

鲁米想知道：你能看见这些逃亡者吗？他们已经摆脱了个性而进入了

① 真主和人类之间达成的最初协议被称为Alast。这是一段简短的对话。真主用阿拉伯语问：“难道我不是你的主人？”鲁米把这个问还未被创造出来的人类的问题听成一曲音乐，它开启了人类的意识之舞，那个彰显存在的即刻回答是：“是的！”

真正的自性。他庆祝这些逃亡者的自由、他们的友谊如何消融于一切之中：无论任何人说什么，无论发生什么事。

狄更生说："我居于无限可能之中，一个家，胜过散文。"她的诗歌所生长的地方，就是密谈。

我居于无限可能之中，
一个家，胜过散文，
有更多数不清的窗户，
更高超，那些门。

它的房间，像雪松，
目光无法穿行。
倾斜的天空
是它永恒的屋顶。

它的访客，最高贵。
它的用处，是这样：
用我张开的小手
收集天堂。[①]

她描述的是鲁米和夏姆士四周的旷野，他们静修的房子里充满天空和呼吸，以及与最高贵的访客的笑谈。爱，没有对象；对话，没有主题；看，没有景象。光线层层相叠，充满了纯粹的可能性。

---

① 对于这首诗可以有多种解读，诗人更像是在描述她的诗歌世界。——译者注

鲁米的爱情诗并不属于我们所熟悉的领域，是对济慈和惠特曼、雷克斯罗斯、金内尔、布莱、格里利、杰克·吉尔伯特的诗歌中所庆祝的世俗和性的超越。鲁米的爱是超越性的，因而在我们看来，也许并不如此美丽。鲁米更少沉迷、更少感性，比方说，与雷克斯罗斯的午后爱情诗中的这些诗句相比（《当我们与萨福在一起》）：

停下阅读。往后靠。给我你的红唇。
你的优雅，像睡眠一样美丽。
你贴着我，仿佛波浪
在睡眠中荡漾。
你的身体在我的头脑中展开，
就像一个多鸟的夏天，
不像一个身体，不像一个独立的东西，
而像雨云，盘旋在
整个世界的所有事物之上。

苏非说，有三种与奥秘相处的方式：祷告，然后进一步，冥想，再进一步，对谈——他们称为密谈的神秘交流。

## 你问题的答案

为什么要问行为的问题，你就是灵魂，
你就是看见临在的方式！

并且，你和我们在一起！
你有什么可担忧？

你也可以从你的词汇中
释放几个词语。

为什么、如何和不可能。打开
你唇舌的牢笼，
让它们飞走。

我们出生，都出于
偶然，但这流浪的商队
会搭建完美的营帐。

忘记这里和那里、
种族、国家、宗教、
起点和终点的种种废话。

你是灵魂，你是爱，
不是一个精灵、天使或人类！
你是一个
神人或人神！

现在，别再问更多
关于我们在这里做什么的问题。

如果你想要的是
可见的世界所能给你的，
那你就是一个雇工。

如果你想要
看不见的世界，
那你并没有活出你的真理。

这两个愿望都很愚蠢，
但你会得到原谅，因为你忘了
你真正想要的
是爱之困惑的喜悦。

## 特别的菜肴

注意，每一个微粒如何运动。
注意，每一个人都一路跋涉，
刚刚抵达这里。注意，每个人都想要
不同的食物。注意，当太阳
升起，星星如何消失，
以及，所有溪流如何汇入大海。

看厨师根据每个人的需要
为他们准备特别的菜肴。
看这酒盏，能够容下海洋。
看那些看见这张容颜的人。
经由夏姆士的眼睛，
看到的水滴
全都是宝石。

## 你并不是你的眼睛

那些已将双臂伸向
虚空的人，不再关心
谎言和真理，头脑和灵魂，

或者，他们从床的哪一侧醒来。
如果你还在拼命想要理解，
那你就不在那里。你把你的灵魂

交给那一位，他说："把它带到
另一边。"你不在任何一边，但
那些爱你的人看见你在一边

或另一边。你说："安拉是'唯一的真神'。"
于是，你饥渴的眼睛看见

你在“虚空”之中，拉[①]。你是一个画家

与存在和非在一起描绘。
夏姆士可以帮助你看清你是谁，
但要记住，你并不是你的眼睛。

## 音乐

六十年来，我每时每刻都很健忘，
但这股涌向我的流动
没有一刻放缓或停顿。
我什么都不配。今天，我认识到
我就是神秘家们谈论的宾客。
我为我的主人弹奏这生命的音乐。
今天的一切，全都为了这位主人。

## 乌姆鲁勒·盖斯

乌姆鲁勒·盖斯，阿拉伯人之王，
他相貌英俊，是一位善写情诗的诗人。

---

① 伊拉（Illa）和拉（La）是赞念的组成部分，是出声或不出声的忆起：“一切非真，唯有真主（La'illaha il'Allahu）。”这句话据说可以分成三个部分。第一部分，La'illaha，是弃绝，放弃一切。第二部分，il'Alla，是侵入，爆炸成神圣临在的个人。第三部分，hu，是这一临在的呼气。赞念的含义的另一种说法是，La'illaha是创造的显现，il'Allahu是创造宇宙的本源。所以，它用吸气和呼气将两者合而为一。

女人们都迷恋他。人人都喜爱他。
但一天晚上，发生了一件事，
彻底改变了他。

他离开了他的王国和家人，
穿上托钵僧的衣袍，云游四海。

爱融化了他国王的自我，并把他引领到塔布克[1]，
在那里，他成了一个制砖工人。

有人把这件事告诉了塔布克的国王。
到了夜里，国王来拜访他。
“阿拉伯人之王，当代英俊的尤素福[2]，
您是两个王国的统治者，一个是土地之国，
另一个是美女之国。

如果您乐意留在我这里，
我会荣幸之至。您抛弃了王国，
因为您所想要的远胜过它。”

塔布克国王滔滔不绝，对乌姆鲁勒·盖斯
赞誉有加，他又谈起神学和哲学。

乌姆鲁勒·盖斯则一言不发。

---

① 塔布克（Tabuk），沙特阿拉伯的一个省。——译者注

②《古兰经》中的先知之一，由于尤素福的父亲比较喜欢他，他的兄长们出于嫉妒，将他骗到野外，推入井中。兄长们回来告诉父亲说他被狼吃掉了。——译者注

突然，他弯腰在这位国王的耳边
轻声说了些什么，在一瞬间，
这位国王也成了云游僧。

他们手牵着手，一起出城，
解下了金腰带，舍弃了国王的宝座。

这就是爱所能成就的，并会继续成就。
对于成人，它的滋味像蜜；
对于孩子，它的滋味像奶。

爱是那最后一包三十磅重的货物，
当你把它装上船，船就会底朝天。
于是，他们一路云游到中国，就像鸟儿一样
啄食谷粒。他们难得开口，
因为他们所知道的秘密
极其危险。

这个爱的秘密，无论是笑着说出，还是愤怒叫喊，
挥手间，会让千万颗人头落地。

一头恋爱的狮子，在灵魂的草原上觅食，
而这把爱的弯刀，正在悄悄向它靠近。
这样的杀戮，胜过任何活命。

世间的权力所想要的，其实
就是这种软弱。

所以，这两个国王轻声低语，
小心翼翼。只有真主知道，他们在说些什么。

他们用的是不可言说之语。鸟的语言。
但有些人模仿他们，学会了
几句鸟语，就赢得了显赫的名声。

## 三、平凡生命的过剩

真正的爱并不会嫌弃心上人的细枝末节。朱迪丝和我在土耳其棉花堡的一个古老的罗马浴室中，旁边与它相连的是一家博物馆，它只有一个房间，称作小发现博物馆。里面陈列着陶器碎片、钱币、雕像的手指和脚趾，正如展示牌上所介绍的那样。看门人是它的主人，他是一个面带微笑、和蔼可亲的男子，身高大约一米二七，不会更高。如今，无论我们去哪里，我们都会寻找小发现，以确保没有什么被忽略或遗漏。

爱是与灵魂的连接，它流动的方式之一是经由形式。这就是鲁米所赞美的极乐状态，处于与神性相会的喜悦之中，这就是这个世界的目的所在。

里尔克在《杜伊诺哀歌》第7首中说：“真正地在这里是荣耀的。”在第9首中，他写道：

难道它不是这无言大地
的隐秘意图？它迫使恋人在一起，
这样，在他们无限的情感中，一切都有可能
因喜悦而战栗。

这种大地与恋人共振的颤抖，就是“生命的过剩”，这是斯蒂芬·米切尔翻译里尔克所用的一个词语。

鲁米在粮仓中漫步，就像蚂蚁一样，对于小小的发现惊讶不已。

## 祖莱卡[①]

祖莱卡让一切都成了尤素福的名字，
从芹菜籽，到沉香木。她爱他
如此之深，她甚至把他的名字藏进各种词语中，
只有她自己知道，其中的含义。

当她说
蜡靠近火焰就会融化，她的意思是说，
我的爱想要我。

如果她说，看，月亮升起来了，
或者，柳枝又添新绿，或者，香菜籽
着火了，或者，国王今天心情很好，
或者，运气真是太好了，或者，房间需要打扫，或者
挑水夫来了，或者，面包需要再加点盐，
或者，乌云好像在逆风而动，
或者，她的头好痛，或者，她的头痛好多了，
她的任何称赞，意思都是尤素福的爱抚。
她的任何抱怨，都是因为他离去了。

当她饿了，是为他而饿。当她渴了，他的名字
是果子露。当她冷了，他就是毛皮大衣。这就是
当一个人陷入热恋之中，挚友所能做的。

---

① 祖莱卡是埃及人波提乏的妻子。在鲁米看来，她是恋人的一种类型，就像马杰农迷恋蕾莉一样，她迷恋英俊的尤素福，她听见的每一句话、每一个声响，比如一阵风声、火堆的噼啪声、鸟鸣，无不是来自尤素福的讯息。

经由成为真主的圣名，尔撒施行奇迹，
而祖莱卡，在尤素福的名字中感受奇迹。

当一个人与另一个人的核心结合，
谈论它，就是呼吸名字“呼”①，
将自我清空，并用爱填满。

## 把这图案织进你的挂毯

灵性经验是一个忠贞的女人
怀着爱意看着她唯一的男人。

鸭子们快乐地生活在
大河上，河水也将乌鸦淹死。可见的

碗的形状，盛满食物，
既有营养，又引发胃痛。

有一个我们所尊崇的、看不见的临在，
它给我们带来礼物。

您是水。我们是石磨。
您是风。我们是风中的尘土。

---

① 呼（Hu），真主的代名词。——译者注

您是灵性。我们是
手掌的开合。您是清明。

我们是想要描述它的语言。
您是喜悦。我们是各种各样的

欢笑。任何运动或声音
都是信念的宣言，就像

石磨的研磨是在诠释
它对河流的信念！没有比喻可以描绘，

但我的手指始终指着这美景。
每一刻、每一个地方都在说：
“把这图案织进你的挂毯！”

## 回家的路

一只蚂蚁在打谷场上匆匆行走，
它扛着一颗麦粒，在巨大的麦垛间穿行，
它对它周围的丰盛一无所知。
它以为，它的那颗麦粒
就是爱的全部。

同样，我们选择一粒微小的种子，
然后奉献出自己的全部。这个身体、

一条道路或一个老师。
要看得更宽、更远。

每个人的本质都能看见，
而那本质之眼看见什么，
他就会变成什么样的人。萨杜恩[①]。素莱曼[②]！

海洋从一只水罐中倾倒而出，
你会说，海洋在
鱼儿中游泳！这奥秘给你的渴望
带来平安，并把回家的路变成家。

## 这就够了

阿佛洛狄忒[③]唱着加扎勒[④]。
天空上划出道道金痕。一根

发现石中之水的手杖。尔撒
静静地坐在动物们身旁。

夜晚是如此平静。这就够了。
这句话始终是对的。我们只是

---

① 萨杜恩（Saturn），农业之神。——译者注

② 伊斯兰教中的素莱曼，相当于《圣经》中的所罗门。——译者注

③ 阿佛洛狄忒，爱与美之女神。——译者注

④ 加扎勒，一种诗歌形式，通常由五个联句组成。——译者注

还没有明白。戴胜鸟已经戴上
簇绒的冠冕。每一只蚂蚁

生来就佩戴精美的腰带。我们感觉到的
这份爱流经我们，就像一首

奉送的歌曲。现在的源头就在这里！

## 欧宰尔[①]

这让我想起欧宰尔的儿子们，
他们出发去寻找他们的父亲。

他们已经年老，他们的父亲
却奇迹般地重又变得年轻！

他们遇到他，问道："请原谅我们，先生，
但你有没有见过欧宰尔？我们听说，

他今天会从这条路上经过。"
"对，"欧宰尔说，

"他就在我后面。"他的一个儿子

---

①《古兰经》中提及的人物之一。一说他系先知，但《古兰经》中仅提过他一次——犹太人说"欧宰尔是真主的儿子"，"这是他们信口开河，仿效从前不信道者的口吻"——并未提及其事迹，在列举众先知的名字时也未涉及。——编者注

答道："真是好消息。"另一个

儿子跌倒在地。他已认出了
他的父亲。"你说的消息是什么意思？

我们已经在他甜蜜的
临在之中。"对于头脑，

有消息这回事，而对于
无所不知的内心，每一件事

它都了如指掌。对怀疑者来说，
这是一种痛苦。而对于信徒，这是福音。

对于恋人和预言家，
这是被活出的生命。

一匹凭空出现的马
把我们带到这里，我们在此品尝爱，
直到我们不复存在。这味道就是
我们一直在谈论的美酒。

## 惊讶的嘴巴

灵魂：正在聆听的辽阔天空
点着千万支蜡烛。

当任何东西被出售，灵魂就
得到现金：人们在门口等待，

一架梯子斜靠在屋顶，有人
爬下来。集市的广场

因明白而明亮。聆听
张开它惊讶的嘴巴。

鸟鸣、风、
水的容颜。

每一朵花，都记得这气味：
我知道，您就在附近。

## 开始

这就是现在。现在就在这里。不要拖延
直到那时。把铁的火星

溅在石头上。坐上首席。
把你的勺子放进碗中。让你自己

坐在你的喜悦旁，让你觉醒的灵魂
将酒斟满。树枝在春风中摇晃，

茉莉和柏树，跳着淳朴的舞蹈。
绿色的布料，已从纯粹的非在

裁剪成长袍。你就是裁缝，置身于
他的店铺之中，静静地缝纫。

## 四、突如其来的完整

在这个爱的王国，风儿将窗户吹开。春天已经来临！话语正在发芽。有人在河边野餐。本性是音乐，而诗歌是这旋律的粗糙乐谱。

这一节让恋人们瞥见灵性的完整流经明显的混乱，这让他们在不和谐的日常生活中看到灵性所编织的规则图案。

这里是幸运的开始。美善站在门内。你们一起走出去，就像芭蕉禅师在京都，同时思念着京都。平凡和非凡的一切变得相同。你所看到的世界和这首诗在一起，都在彼此之中伴随着启示和真如热烈地活着。这就是在这一领域的感觉：季节更替的顿悟、悲伤、兴高采烈、奇思妙想。

武士谈话——
辣根的

刺鼻气味。

你，蝴蝶——
我，庄子
做梦的心。

即使在京都——
听到布谷鸟的啼叫——
我也会思念京都。

## 集市

你能否找到另一个这样的集市？
在这里，用你的一枝玫瑰

就能买到千百座玫瑰花园？
在这里，为了一颗种子

你就会彻底疯狂？为了一次
微弱的呼吸，你会经受神圣的风？

## 我们是音乐

你有没有听说，冬天已经结束？
罗勒和康乃馨

抑制不住它们的笑声。
漫游归来，夜莺

胜过了所有鸟儿，成了
歌唱大师。树枝们招手

以示庆贺。灵魂
一路舞过，国王的门口。

海葵满脸绯红，因为它们看见了

赤裸的玫瑰。春天，唯一公正的

法官，步入法庭，几个
十二月的盗贼，悄悄溜走。

去年的奇迹很快就会
被遗忘。新的生命

从非在中飞旋而至，星系散落在
他们的脚边。你是否见过他们？

你是否听到婴儿尔撒
在摇篮里哼唱？一株孤单的水仙

已被任命为王国的督察。
盛宴已经设好。听，

风儿在斟酒！爱
曾经隐藏在图画之中。别再躲藏！

果园挂起它的灯笼。
穿着尸衣的死人蹒跚走来。

没有什么会受束缚或遭囚禁。
你说："这首诗就此打住，

看接下来会发生什么。"我会的。

我们是音乐，而诗歌
是它粗糙的乐谱。

## 核桃

哲学家们说，我们热爱音乐
因为它与合一之声相仿。

我们始终是曾经的和声的一部分，
因此，这些高音和低音的时刻

让我们的记忆保持新鲜。但这
如何发生在这些稠密的身体中?

它们充满了健忘、怀疑和
悲伤。就像我们喝下清水，

它变得又酸又涩，即使成了
尿液，它也依然保有水的特性。

它能把火扑灭！因此，这音乐
流经我们的身体，它能浇熄

不安。听到这声音，我们就会
获得力量。爱用旋律点燃。音乐

让恋人变得沉着，并为想象
带来形象。音乐呼吸着

个人的火焰，并让它更加旺盛。
池塘很深。一个口渴之人爬上

池塘边的核桃树，
把核桃一颗一颗扔进

美丽的池中。他仔细聆听
核桃落水的声音，看它们

泛起水泡。一个理智之人建议：
“你会后悔你的举动。你离池水

太远，当你下树捡核桃时，
池水早就把它们带走了。”

这个人答道：“我来这里，并不是
为了核桃，我想要的是

核桃落水时，它们发出的音乐。”

⚜

你出生，并带来奥秘，
你的雷声，让我们开心。

咆哮吧，心灵的雄狮，
并把我撕裂！

## 没有比这更好的礼物

当海洋像恋人一样来到你的面前，
立即和它结婚，快，
看在老天的分上！

不要推迟！
世上没有比这更好的礼物。

再多的寻求
也找不到这样的礼物。

一只完美的猎鹰，毫无缘由，
降落在你的肩头，
并且，你成了它的主人。

⚜

这一刻，这份爱来到我心中休息，
许多生命，在一个生命之中。
一千捆麦垛，在一颗麦粒之中。
在针眼里，旋转着漫天的繁星。

在中心的明珠，会改变一切。
现在，我的爱无边无际。

你已经听说，有一扇窗
从一个心灵向另一个心灵敞开，

但如果没有围墙，也就没有必要
安装窗户，或配上门锁。

必须放弃一千份
半心半意的爱，才能把
一颗完整的心儿带回家。

## 图案

当爱亲自来将你亲吻，
不要退缩！当国王出去打猎，

森林会展露笑颜。现在，国王已成为
猎场、所有的猎人、猎物、

围观者、弓、箭、拔弓、放箭。

那是怎样的感觉？昨夜的梦

进入这些睁开的眼睛。我们有时会
把烟雾和唾液的蛛网

变成脆弱的思绪的包裹。把思考留给
赋予我们智慧的那位。停止编织，

并且观察，图案会如何改善。

## 拍卖

当大象清晰地忆起
印度，当头脑消融，
当歌声响起，当酒杯
斟满，风儿吹来，满屋
人声鼎沸，一个臣服者的
庇护所，一只鸟儿落在
我的手上，这是属于
朋友们的一天，一个海洋覆盖了
一切，所有的道路都已开启，
一个人变得善良，
没有人依然理智，宗教术语
已被遗忘，而波提乏
在那里举起手，出价买下
全身湿透的男孩尤素福！

## 五、遁入静默

关闭语言之门（嘴）。打开爱的窗户（眼睛）。月光（神性的反光）不会由门而入，而只会跳进窗口。和一个朋友、经由眼睛而来的一切以及这两者的临在一起进入静默，我们就会成为鲁米所说的心心相印的逃亡者。

鲁米是在庆祝这种狂野的自由，当他这样做时，他可能看似要以他所倡导的不语来颠覆经文，但他实际上是试图让由语言所传达的启示变得更加经验化。我建议，我们都可以尝试和一个人一起静默地度过一天。就一天！

## 安静

死去，在这份崭新的爱中。
你的道路会从另一边开始。
成为天空。
拿起斧头，来到牢墙前。
越狱。走出来，
就像一个人突然重见天日。
现在就做。
厚厚的云层将你覆盖。
滑向另一边。死去，
不要出声。安静是你已死去的
最明确的迹象。
你陈旧的生活，原本是逃离静默的
一路狂奔。

现在，无言的满月已经升起。

## 我们想要的吻

有一个我们想要的吻
让我们渴望一生，那是灵魂
对身体的轻触。海水
恳求珍珠，张开它的蚌壳。

百合花，多么热切地想要

一个疯狂的爱人！

在夜里，我打开窗，邀请
月亮光临，并将它的脸
与我的脸相贴。把我吸进
你的呼吸。关闭语言之门，

打开爱的窗户。月光不会
由门而入，而只会跳进窗口。

## 水车

朋友们，请待在一起。
不要四散而去，沉沉入睡。
我们的友谊是由
清醒组成。

水车接受水流，
旋转，然后哭着
让它离开。

它就这样待在花园里，
而另一个圆
转过干涸的河床，寻找
它以为它想要的东西。

留在这里，随每一个瞬间而颤动，
就像一滴水银。

## 祝福这婚姻

这婚姻，是酒与芝麻酥糖在一起，
蜂蜜在牛奶中溶化。
这婚姻，是一棵枣树的
叶子和果实。这婚姻，
是女人们一起连着笑了
好几天。这婚姻，是一个

要我们研究的标记。这婚姻，
是美事一桩。这婚姻，是蓝天中的

一轮明月。这婚姻、
这静默，与灵性充分混合。

哪个更有价值，是万千群众，
还是你自己真正的孤独？
是自由，还是王国的权柄？

在你的房间里独自待一会儿，
能够证明，这比你所能得到的

任何东西，都更有价值。

## 通往静默的通道

黑暗的本质是光明，
正如灯油是灯光的本质。

你是所有将要到来的茉莉、
水仙和鸢尾花的源头。

你是穿过房屋的阳光，
在铸造光滑锁链的
达伍德[1]的手。

九月的月亮
照着尚未收割的庄稼。你将
谷粒置于稻壳之中。

一朵玫瑰绽放，我的头脑
并不担心债务，你、

灵魂和身体
在床上粘在一起，

①《古兰经》中的人物，相当于《圣经》中的大卫王。——译者注

你说，
你是，你是，

然后停下来，清了清嗓子
让声音变得甜美。

当我把这身体
交给大地，你就会发现
另一条道路。

这些话是另一种
存在。聆听通往静默的
通道，并成为静默。

## 六、新生

当一个人变成了恋人，义务就会变为灵感，修行就会变为舞蹈、诗歌、像溪流一样一路流淌的音乐。转化的不可思议的自然意象就会出现：蜡烛变成飞蛾；一根折断的枯枝绽出花蕾；鹰嘴豆成为厨师。事物会自然而然地享受它自己。为行动寻找目的不再是一个问题。灵魂在这里是为了它自己的喜悦。眼睛的目的就是要去看。这是经由我们所知道的爱的伟大力量所转换的。

我们渴望着爱的海洋，以及缝纫它长袍褶边的海鸟。这就是这一节的主题。我们渴望美，尽管我们就在其中游泳。吉拉尼把心灵的这个领域描述为一个婴儿。巴瓦・穆哈亚狄恩也这样来谈论它。有一次，有人问巴瓦，作为巴瓦这个人是什么感觉。他的回答是：他闭上眼睛，像一个婴儿吃奶一样发出亲吻的声响。在这样的新生中，一个婴儿在心中诞生了。纯洁、嬉戏、轻松和平安就会到来。吉拉尼说，这个心中的新生儿有时会在梦中对灵魂说话。巴瓦说，这个孩子懂得真主的语言。他理解在风中飘浮的每一个声音，因为他处于合一与同情之中。这个婴儿没有任何排他性的爱和我们后天才学会的限制，而我们是从我们的家庭（血缘）、我们的文化、宗教、部落和民族中学会了这些限制。巴瓦说，人类是“真主的搞笑一家人”。这就是一个婴儿所看到的情景。

1971年，在我父亲生命的最后几个星期里，我看到这样的婴儿进入我父亲的眼中。每个人都感觉到了。我母亲在1971年5月8日去世（她享年64岁，死于肺癌）。我父亲因中风于1971年7月2日去世，享年72岁。在我母亲去世后的55天中，我父亲不再评判。他怀着无私的爱对待每一个人。他会找任何借口走出家门，在外面转悠，并和陌生人聊天。他乐于助人，对每一个人都有无限的时间和关爱。这是如此之美。我在约翰·西赖特的母亲和父亲身上也看到了这种心灵的敞开。我最近听了雷夫·瑞安·西赖特牧师在一个婚礼上的户外祈祷，那是一颗心灵所能承受的极限。巴瓦也曾经出去转悠，他乘坐汽车，用非常缓慢的速度行驶，向走在人行道上的人们挥手致意。有时候我会跟着一起去。当行人看到他的脸，他们就像猛地被“二战”机场上的探照灯照到了一样。接着，他们会回过神来，温和地向他招手，就像对待一个婴儿一样。

这样的连接会延伸至所有众生。我的朋友斯蒂芬·施瓦茨讲过一个老农夫的故事，农夫站在地头，用温柔的语调对离他几十米远的一头牛说话：

“47号。”这头牛需要看兽医，它会从牛群中走出来，走到他面前。普莱曾特（这个人的名字）会对牛说话，看着它的脸，告诉它需要做什么，它会疼痛受苦，但这是为了它好。于是奶牛会耐心地忍受兽医的治疗，而他会说：“这很好。现在回去吧。”然后，他会喊另一头牛：“24号。”斯蒂芬发誓说，他有好几次亲眼看见了这样的情形。

在50年中，巴瓦进入斯里兰卡的丛林观察动物，了解真主。当你的心消融于这爱之中，书本就变得毫无意义。我们品味生活中的事件，并由此而学习。贾拉鲁丁·切利比曾经问我，我相信什么样的宗教。我做了一个天知道的手势。“很好，”他说，“爱就是宗教，宇宙就是书本。”

## 逃往森林

有些灵魂已经摆脱了身体。
你见过它们吗？睁开你的眼睛，看那些
已经逃脱的灵魂，它们与其他逃脱者会合，

它们心心相印，
它们离开了虚假的自我，
活在更真实的自性之中。

我并不介意，如果我的同伴
迷失一会儿。

他们会回来，就像一个微笑的醉汉。
干渴之人会死于他们的干渴。

有时，夜莺飞离花园，
是为了去林中歌唱。

⚜

爱在我面前经过，我大声尖叫。
爱坐在我身边，就像我的保姆。
爱把乐器收走，
并脱下丝袍。我们的赤裸
完全改变了我。

## 任何一次邂逅

每一次相遇，在街上的
任何一次邂逅，都有一种

光芒、一种优雅升起。今天，
我认识到，这珠宝般的美丽

就是临在，我们的爱的
困惑，水汪汪的泥土

所含的光亮，比火焰更加明亮，
我们称为挚友的那位。

## 纳苏赫[①]的变化

在那一刻，他的灵魂长出翅膀高飞。
他的自我，像颓墙般倒塌。
他活着，与真主合一，
但纳苏赫，空空如也。

他的船沉了，在它所在的地方，海浪汹涌。
他身体的耻辱，就像一只猎鹰
挣脱束缚，锁链从它脚上滑落。

---

① 纳苏赫的故事请参见《在春天走进果园》。——译者注

他的石头在水中畅饮。他的田野就像
金丝绸缎一样闪亮。有人死了百年，
复活时却依然英俊健壮。
一根折断的枯枝，绽出花蕾。

⚜

如果你爱上爱情，
那就寻找你自己。

## 圆圈

有什么能胜过，把无花果
卖给无花果商贩？

道理就在于此。
我们在这里，并不是为了牟利，
也不是为了欢愉，甚至不是为了喜悦。

当一个人自己就是金匠，
无论他走到哪里，
他都在打听金匠。

云朵用我们所分享的一切建造。
小麦经由脱粒成为小麦。

当你让一头跛脚的驴子承担重负，
你会感觉如何?
这一杯，世界也有一份。
春天就是这样重回大地。

让瘦弱和受伤之人
在你的花园中恢复活力。
在心上人的河中，
灵魂会感觉如何?

鱼儿沐浴自由，洗净恐惧。
你将我们赶走，但我们就像
家鸽一样返回。

十个夜晚变成黎明，在我们心中
流淌，就像是一种新的觉醒。
沙哈布丁·奥斯蒙德。
加入了圆圈！我们会说，
这样，他就能再次将这首诗弹奏。

任何圆的事物
都没有穷尽。

## 七、悲伤

悲痛越深，爱就越光彩夺目。我们会思念朋友。恋人的眼泪才是真正的财富。我的朋友约翰·席怀特曾经说，真正的悲剧是，当有人离开这个世界，你却无动于衷。悲伤的缺失、不去感受悲伤，这对鲁米来说是难以想象的。

我最近看了一部电影，名叫《强烈的恩宠》。这是拉姆·达斯[①]的传记片，更多是讲述他中风的经历。电影着重于用各种最严酷的悲剧来开启心灵，帮助我们找到自己意识中至关重要的核心——灵魂。在电影快要结束时，拉姆·达斯听一名年轻女子讲述她在梦中见到她被人杀害的恋人的经历。她的恋人死了几个月之后，她第一次见到他出现在自己的梦里。她朝

① 20世纪最受推崇的心灵导师，原为哈佛大学心理学教授，后为追求人生真义，赴印度灵修。他“活在当下”(Be here now)的理念唤醒了一代西方人的心灵意识。——编者注

他叫道："你去了哪里？！"他说道："听，我们所拥有的爱情是多么神奇，但与你所面对的、将要到来的爱相比，只是小菜一碟。当这样的爱来临时，我会成为它的一部分。"拉姆·达斯说道："味道好极了。"

拉姆·达斯心醉神迷地品尝着那个死去的男友所说的真理。没有占有欲，没有对过去的执着。悲伤打开了我们的心扉，于是我们就能接受更多的爱，而新爱和旧爱会一起奇迹般地扩展。这真是一部难能可贵的电影，散发出觉者的爱的芬芳。

## 萨拉丁之死

你让大地和天空哭泣，
内心和灵魂充满悲伤。

在存在和非在中，没有人
可以取代你。天使和先知
都感到悲哀，我心中的这份悲伤
已夺走了我对语言的味觉，

所以，我说不出
我与他离别的滋味。内在王国的
屋顶已经坍塌！

当我说出“你”这个字，我的意思是
一百个宇宙。

倾倒悲伤之水，或暗自
在心中流泪，不管是肉眼
还是灵魂之眼，昨天我看见
所有这些，都流出来寻找你，
你却不在这里。

萨拉丁，那只光明的火鸟
像箭一般离去，而现在，
弓却在颤抖、呜咽。

如果你知道如何流泪，
那就为萨拉丁哭泣。

## 鸟儿的双翅

朝着对过去的悲伤，你举起一面镜子，
就会照见你勇敢工作的所在。

怀着最坏的打算，你端详；相反，
其中却是你一直期盼的笑颜。

你的手张开，合拢，又张开，又合拢。
如果始终握紧拳头，或一直张开，
它就会麻木。

你最深的临在，就在每一个小小的
收缩与扩张之中，

两者达成精美的平衡，就像鸟儿的双翅
协调一致。

## 一张脸的静默

爱情带着一把刀而来，而非
一个害羞的问题，也不是

对它名声的恐惧！
我公正地谈论这些事，同样公正地
接受它们。爱情是一个疯子，

执行着他疯狂的计划，撕扯下他的衣服，
在山中奔跑，喝着毒药，
现在，安静地选择寂灭。

一只小小的蜘蛛，想要包住
一只巨大的马蜂。想要让蛛网覆盖
穆罕默德睡觉的山洞！有爱的故事，
也在爱中寂灭。

你一直在海边行走，
提起你的长袍，不要让海水沾湿。

你必须赤身潜入水下，越潜越深，
再深一千倍！爱总是向下流动。

大地臣服于天空，承受
到来的一切。告诉我，大地会不会
因这样的臣服而变得更糟？

不要用毯子蒙住鼓！
完全揭开。让你灵魂的耳朵
聆听绿色圆顶热情的低语。

让你的衣袍解开。
在这份崭新的爱中颤抖，
它超越天上地下的一切。太阳升起，
但黑夜从哪条路离开？我不再开口。

让灵魂发言，
用一张脸的静默。

## 爱的诱惑

有人并不跑向爱的
诱惑，他走在一条
没有生命的路上。

但是，这里的这只鸽子感觉到
爱之鹰在空中翱翔，
他在等待，而不会逃跑，
或因害怕而躲藏。

## 天空中的圆圈

爱之道并不是
一场微妙的辩论。

那里的门

是毁灭。

鸟儿在天空
画着它们自由的圆圈。

它们是如何学会的?
一次次地跌落，它们
就获得了翅膀。

## 我抛弃一切

你玩着伟大的合一之球，
你清楚地看见每一个人，
却没有人能看见你。当宇宙想到

你可能会离开，甚至它也会
变得糊涂。你独自来到这里，
但你创造了千百个新的世界。

春天是一只孔雀，它用启示
向你调情。玫瑰花园在燃烧。
海洋进入船中。我抛弃一切，
除了这份对夏姆士的爱。

⚜

现在，我已突破了渴望，
心中充满一种
我以前有过的悲伤，
但感觉不再一样。

⚜

中心会把你引向爱。
灵魂会打开创造的核心。

忍受你独特的痛苦，
它也能把你带向真主。

⚜

我的工作是带来这份爱，
安慰那些渴望见到你的人，
我要去你已到过的每一个地方，
并凝视沉寂的尘土。

⚜

苍白的阳光，
苍白的墙。

爱离开了。
光线变幻着。

我需要的恩典
比我想象的更多。

## 情绪的目的

一个苏非悲伤地撕扯他的长袍，
撕扯让他获得慰藉，他给长袍
取名为法拉吉，意思是撕开，

或者幸福，或者，一个带来敞开的
喜悦之人。它的词根是法拉，
也指男性和女性的私处。

他的老师理解他这样做的纯粹，
而别人只看到被撕碎的长袍。

如果你想要平安和纯粹，那就撕掉
遮盖！这就是情绪的目的，
让美流经你。

称之为灵性、不老药，或者，你自己
和真主之间的最初协议。向它敞开
会带来平安、一首虚空之歌、纯粹的静默。

## 八、疯狂的酒肆

有一种势不可当的与神性接触的方式，人们称之为酣醉。酒肆是一个分享神秘经验的地方，相对而言，教堂则是一个接受信念的地方，有时甚至不加置疑（尽管教堂有时也会变成酒肆）。酒肆是一个令人兴奋的地方。在这里，一个人会和大家一起疯狂。这里的美酒并不是澳大利亚的梅洛葡萄酒，而是到处流淌的临在感。一个人的头会炸开。疯狂的恋人马杰农看见蕾莉的狗，并昏倒。

酒肆并不是一个人们可以在其中生活的地方。人们去那里夜祷，然后回家。这是一种让人瞠目结舌的臣服状态，最终会迎来清明的黎明。酒肆里的神秘家必须“超越真主的势不可当的酣醉，并达成清醒和清明，于是，冥思就得以恢复”（出自*Perfume of the Desert*一书）。在酒肆中，一个人既是缺席的，又是在场的。祝奈[①]说，有一种清醒，包含了所有的酣醉，但没有哪一种酣醉包含了所有的清醒。在这里，有疯狂的舞蹈，有突然的领悟，有身体的危险，以及酒醉后的胡言乱语。走一步，犯错。将军。而面纱上的图案在这里变得迷人，挂毯上描绘着漫长的充满激情的故事，讲述着分离之苦、欲望的折磨、西方世界的爱情。

一行禅师在讲解《心经》时说过一个精彩的故事：善与恶如何只是看似相互对立。实际上，它们是在心灵的酒肆相遇的老友。

有一天，佛陀端坐在山洞中，弟子阿难站在洞口。突然，他看到恶魔摩罗来了。摩罗径直走到阿难面前，说他想要见佛陀。

阿难说："你为何来此？在菩提树下，你已被佛陀打败了。走开！你是他的敌人！"

摩罗笑道："你是说，你的老师告诉你他有敌人？"这句话让阿难很难堪。他进洞告诉佛陀，摩罗求见。

"是吗？他真的来了？"佛陀出洞亲自迎接摩罗。他鞠了一躬，然后热情地握住摩罗的手。"你怎么样？一切可好？"

他们坐下来喝茶，摩罗说道："事情一点都不顺利。我对自己是一个恶魔感到厌倦了。我必须说让人猜不透的话，我做什么事都必须心狠手辣。这一切都让我厌倦了。但最糟糕的是我的弟子们。现在，他们都在谈论社

① 祝奈（Junnaiyd，卒于公元910年），创建苏非清醒派的关键人物。

会正义、和平、平等、解放、非二元、非暴力等。我把他们都交给你算了。我不想做恶魔了。”

佛陀同情地听着。“你以为做佛陀很有趣吗？我的弟子们把我从来没说过的话说成我说的，他们建立富丽堂皇的庙宇，他们把我的教诲包装成商业项目。摩罗，你不会真的想成为佛陀的！”

在一边听他们说话的阿难感到既困惑又惊讶。头脑是不可能接受美丽的整体性的。

## 浓烟

不要相信我说的话。
我必须进入火焰的中心。

火是我的孩子，但我必须
在火中燃烧，并化为火焰。

为什么有噼啪声和浓烟？
因为木柴和火焰
依然在谈论彼此。

“你太稠密，快走开！”

“你太飘摇，而我有固定的形态。”

两个朋友在黑暗中不停争吵，
就像一个遮着脸的流浪者，
就像存在中一只有力的猛禽
站在枝头，一动不动。

## 我无法说清

你将我捆绑，我愤怒地挣脱，
来到野外。一个圆圆的
亮点，一点烛焰，

所有的理智，所有的爱。

这混乱的喜悦，你的所作所为，
这宿醉，你温柔的尖刺。

你转过头看，我也转头。
无法说清。

我是一个被囚的疯子，我将自己的灵魂束缚。
我是素莱曼。

离开的，还会回来。回来吧。
我们从来没有彼此分离。

怀疑者将他的怀疑隐藏，
但我会说出他的秘密。

越来越清醒，在半夜起身，
头晕目眩，我爱上了夏姆士。

## 谁借我之口发言

谁在用我的眼睛看？灵魂
是什么？我无法停止发问。

只要能尝一口答案，

我就能冲破这醉汉的牢笼。

我来到这里，并非自愿，
同样，我也无法离开。

谁把我带到这里，谁就必须带我回家。

我一点都不知道，我要用这首诗
说些什么。我并没有构思。
当我把它写完，
我变得非常安静，一言不发。

⚜

我们有一大桶美酒，却没有酒盏。
我们毫不在意。每一个早晨，
我们都容光焕发，到了晚上，我们又容光焕发。

他们说，我们没有未来。他们说得没错。
我们对此毫不在意。

⚜

真正的价值和疯狂相伴，
马祖布[1]在下面，科学家在上面。

---

① 马祖布（matzoob）是疯狂的智者，毫无理性。

那些在伤痛和悲哀之下
找到爱的人，

都会带着一千种新的伪装
消失于虚空之中。

## 在两个世界戴的帽子

我心中有一种激情，它并不
渴望从别人那里得到什么。

我已经得到了另一样东西，一顶
在两个世界戴的帽子。它掉了。没关系。

一天早晨，我去一个黎明之外的所在。
那里是甘甜之流的源头，
它从不会减少分毫。我看见
一个美人，会让两个世界迷惑，

但我可不会制造这样的轰动。我只是
置于大地之上的一颗头颅，
作为送给夏姆士的礼物。

在我的头脑中，有一股

飞鸟组成的奇怪狂潮，
每一颗微粒都绕着自己旋转。
我的心上人是不是无处不在？

⚜

醉汉害怕警察，
但警察也醉了。

我们，住在这城里的人，都爱他们
就像两枚不同的棋子。

## 痛苦和困惑

快到最后，你同时看到玫瑰和尖刺，
黄昏和晨光相混。

你已打破许多形状，把它们的
颜色搅拌进泥土。

现在，你坐在花园里，无所事事，
面带微笑。你感到了宿醉的

痛苦和困惑，但你又
接过递给你的美酒。

⚜

让恋人丢脸、疯狂、
神思恍惚。清醒之人
会担心，事情会变糟。
那就不要让恋人清醒。

## 没有意志的奇迹

爱，有时会变成一支笔，
用不同的书法写下

金子，或明天，
圆润的字体，留在纸上。

现在，把它上下颠倒，现在，
把它靠着脑袋，现在，放下，

放在别的什么上面，构思。一个句子
能将一个伟人从灾难中救出，但是，

对于一支笔开叉的舌头，名声
无关紧要。希波克拉底[①]知道

---

① 希波克拉底（约前460—前377），古希腊医师，被称为“医学之父”。——译者注

如何治病。他的笔并不知道。我称为笔的
这位，有时也称为旗子，

并没有脑袋。你，这支笔，
完全疯了。无法理性地谈论你。

对立被吸引进你的临在，但，
并没有得到解决。你并不完整，

也从来没有完成。你是没有意志的
奇迹，正在前往你想去的地方。

我是一杯酒，有着深色的沉淀。
我把它全都倒进河里。

爱对我说：“很好，但你没有看到
你自己的美丽。我是风，

与你的火焰相混，我将你搅动，
让你火光熊熊，然后缓缓把你熄灭。”

## 九、非在

作为进入真主的一种方式，爱是狂野而又令人困惑的。合一！非在！这些词语到底是什么意思？阿塔尔[①]说，如果你想要学习你的灵魂所能理解的爱的秘密，“你就会牺牲一切。你就会失去你曾经认为有价值的一切，但最终你会听到你最想听到的声音说，没错，进来”。

另一个名叫祝奈的苏非则建议我们跳跃！“一头扎入你的爱的海洋。然后耐心地环顾四周，寻找属于你的珍珠。”这个心灵的王国是一片巨大的虚空。内维特·埃尔金[②]称之为非在。这就是鲁米所描绘的沙漠之夜、一只空锅、一座有一扇破门的房子、一个断奶的孩子、未被吹响的芦笛的意象。当他的朋友萨拉丁去世后，鲁米说，内在王国的屋顶已经坍塌，除了

① 波斯诗人及神秘家。——编者注

② 鲁米诗歌的英译者。——编者注

分离之苦之外，他再也尝不出任何滋味。

李·马文在电影《长征万宝山》中说：“我曾是乌有之乡的公民，有时，我会思念故乡。”在我们的爱结束之前，是一种极其熟悉的深深的非在。一片高原荒漠。但实际上，爱的展开是没有穷尽的，也没有人能告诉你，你的爱会如何，或者会去哪里。行吟诗人、《罗密欧与朱丽叶》《安东尼与克莉奥佩特拉》《安娜·卡列尼娜》《无名的裘德》、洛尔卡的爱情诗、米莱的诗，都睿智地描绘了爱情的各个阶段。鲁米、哈菲兹和狄更生则描绘过非在的寂灭意象。

一直以为，无限是一个
不期而至的访客，
但这惊人的一幕如何发生，
因为它从来不曾离开？①

有些人则用一段特定的时间，以具体的物质形式来招待这位客人。要感谢这样的机会，但请记住，每个人内心都有伟大的爱，它就是鲁米诗歌的源头。它就是从来不曾离开的赐予。

你是一滴露珠中的海洋，
一个皮囊中的全部宇宙！

---

① 引自哈佛大学贝尔纳普出版社1998年出版的《狄更生诗集》。

那么，你一直在寻求的
这些欢乐、这些喜悦、
这些世界是什么？你希望，
它们会让你更有活力。

## 就像平原上的光明

飞蛾扑进火焰，用它
着火的翅膀说：“试一试。”

灯芯打结的脖子折断，
告诉你同样的话。当一支蜡烛熄灭，
它解释道，积聚更多，并非至道。燃烧，
成为光、热和帮助。融化。

海洋坐在沙滩上，让它的膝头布满
珍珠和贝壳，然后，空无一物。
泻盐的味道低声说：“尝一尝。”

凤凰放弃了善与恶，飞往
卡夫山[①]栖息，不再浴火重生。
它捎来一个消息。

玫瑰洗净自己的脸，飘落柔软的花瓣，
露出它尖尖的刺。

美酒会抛弃千百个名人、
好酒酿成的年份，以及可爱的花束，
只为疯狂而默默无闻地流过你的头脑。

---

① 伊朗神话传说中围绕世界的大山。——译者注

笛子闭上眼睛，把它的嘴唇
交给哈姆扎的虚空。

万物都和沉默的石头一起祈求，
要你就像平原上的光明——
夏姆士的临在——一样挥洒。

## 烛光化为飞蛾

恋人的心中，有另一个世界，
并且，还有另一个。

在这恋人的世界，在挚友的心中，
有一只诠释奥秘的耳朵、
一条地下的银脉，以及另一个天空！

智慧和仁慈，是我们攀登的梯子，
还有其他梯子，当我们
在夜里行走，听到一个谈论宽恕的声音。

在夏姆士的宇宙，烛光本身
化为一只飞蛾，死在他的烛光中。

## 一篮新鲜面包

如果你想要学习理论，
那就和理论家们探讨。这是经由口舌。

如果你想要学习一门技艺，就要练习。
这种学习，经由双手。

如果你想要成为托钵僧、灵性的贫苦
和虚空，你就必须跟随一位师父。

谈论、读书、练习
并无益处。灵魂从知道的灵魂那里受益。

非在的奥秘
也许就活在你朝圣者的心中，
但有关它的知识，你还没有得到。

等待光亮的开启，
就像你胸中充满了光明。
正如真主所言：
“难道我们不曾将你扩展？”

不要在你自己之外寻找它。
你就是奶的源头，不要去喝别人的奶！

在你的内在，有一眼泉水。

不要拿着空水桶转来转去。

你有一条水渠，通向海洋，
你却向一个小水塘求水。

祈求爱的扩展。将心念
专注于此。《古兰经》有言：
“他是与你们同在的。”（57：4）

在你的头顶，有一篮新鲜面包，
你却挨家挨户乞讨面包皮。

敲响内在之门。不要敲别的门。
你在齐膝深的河中涉水，
你却不停地借别人的水袋。

你的四周全都是水，你却只看到
把你和水隔开的障碍。

你的马就在你的胯下，
你却还在问：“我的马在哪儿？”

就在这儿！
就在你的胯下！

“没错，这是一匹马，但我的马在哪儿？”

难道你看不见?

“是，我能看见，但有谁见过
这样一匹马？”

干渴让你疯狂，你却无法从
你身边的溪水取饮。
你就像海底的珍珠，在蚌壳里猜想：
海洋在哪儿?

心中的疑问
会变成障碍。

你在真主之中困惑不已，
这就是事实。

当你和每个人在一起，却没有
与我同在，你就没有和任何人在一起。

当你不和任何人在一起，而只
与我同在，你就和每个人在一起。

不要和每一个人关系密切，
而要成为每一个人。

当你变成那么多人，你就什么也不是。
虚空。

## 这样的折磨

我们为什么要告诉你，我们的爱情故事，
当你将它们泼溅，就像鲜血洒落尘土?

爱是一颗遗失在海底的珍珠，
或是一场我们看不见的大火，

但话语又如何?
它把我们推过头顶，
并进入头顶上的光明。

爱情不是
一只铁锅，所以，这沸腾的热量
毫无助益。

灵魂、心儿、自我。
在这些之上，在这些之中，
一个人在说:

“还要多久，
我才能摆脱这样的折磨！？”

## 十、动物的本能

任何爱：世俗之爱、灵魂之爱、男主人对女仆的爱、一只狗对几乎任何人的爱、雄鹰对风的爱、天鹅对池塘的爱、爷爷奶奶对孙儿的爱、一只蚂蚁对谷粒的爱、狮子对瞪羚的爱等。所有自然的相互吸引最终都会导向寂灭。这就是动物的本能之谜。鲁米出人意料地说："真主就活在一个人和他所想要的对象之间。"（《教理》第44篇）即使对现代人来说，这也是一种非常激进的神学，今天，重大危机的根源在于性的压抑。美国人也有其否认动物本能的致命方式。我们会撒很多的谎。我们避免亲近真理。我们和蔼可亲，却对自己的愤怒视而不见。我们过度轰炸，从来不认为巨大的连带伤害是另一种形式的恐怖主义。它们虽然非常不同，但仍然是一种恐怖。

我倾向于认为，第一首神秘主义诗歌是法国南部的三兄弟洞窟最深处洞壁上刻画的那个动物形象。约瑟夫·坎贝尔[①]称之为“洞窟之神”。他同时跳着人类和动物的舞蹈——猫头鹰、狮子、马、鹿、人。他将它们合并，和你自己的兽群一起看着你，它们已经深深地进入内在而与他的目光相遇。动物们可以活在大地上而没有我们吵闹的自我意识。当我们像惠特曼那样转而和它们同行，我们就进入一种静默和超越。我们经由它们的眼睛，运用它们的本能去看。这是一个比喻，一个极为重要的比喻，也是一种经验。

哈兹拉特·伊纳亚特·汗[②]说，寻求者应该“满足他们的欲望，这样他们就能超越它们而达成永恒的目标”。在每个人本质的核心，是独特的欲望的种子，它们经由人格的发展而非压抑而茁壮成长。我们无须因无欲无求而变得苍白无力。充满欲望的动物，比如好色的公鸡、急促的鸭子、激情的马、想得到认可的孔雀、抢东西的乌鸦、威严的狮子、非在的斑马（这个是我编出来的），这些不是要被挫败的，而是要活出来的，得以蜕变的，并融合在一起的。这是形成一种人格的艺术。只有当我们活出动物的力量，我们才会了解，这些满足并不是我们真正想要的，还有更重要的。而我们在这里就是要追随神秘的渴望，并超越它们引领我们前往之处。欲望的目

---

① 美国著名作家，神话研究的顶级学者。——编者注

② 哈兹拉特·伊纳亚特·汗（Hazrat Inayat Khan），苏非国际教团的创始人。他于1910年来到西方，代表了印度最高的音乐传统。他带来了爱、和谐、美丽的讯息，这正是苏非教义的精髓，也是协调西方和东方灵性传统的一种革命性方法。他说：“内心生活的工作是要把真主变成一种现实，这样，真主就不再是一种想象。人与真主的这种关系对他来说可以比世上任何其他关系都要更真实。当这种情形发生时，所有的关系，无论多么亲密和亲近，都会变得不那么受束缚。但同时，一个人不会变得冷漠，他会变得更有爱心。”摘自《内心生活，哈兹拉特·伊纳亚特·汗带来的苏非讯息》第1卷。

的就是要让渴望变得完美，因为渴望的核心就是挚友、基督、克利须那神、虚空，无论它在哪里，都是那个名叫伊加瓜久的因纽特萨满在浮冰上待了40个昼夜后回来时说的那句话：“宇宙中没有什么好怕的。”在渴望的核心是伟大的爱，其中没有丝毫恐惧。

有一个证人，他看见火焰和爱欲的桀骜不驯的游戏，他说：“这就是存在之舞。”一个伟大的拥抱始终在永生者和必死者、在本质和偶然之间发生。我们都在书写爱之书。一切都参与其中。世界上所有的粒子都在恋爱，并在寻找心上人。秸秆在琥珀的临在中颤抖。这不是说好的吗？我们在这里就是要彼此相爱，要加深和扩展这种爱的能力，打开自己的心扉。这就意味着活在见证中，我正在开始看见。

聆听鲁米的诗歌会有所助益。尽管他会说，诗歌可以是危险的，尤其是美丽的诗句，因为它给人以幻觉，以为自己已经有了实际上并没有经历过的经验。他会定期做这样的清理。不需要更多真主的诗歌，我想要临在。不需要更多爱的诗歌，我想要成为爱。

很显然，性经由动物本能而进入爱之书，尽管正如弗洛伊德所言，爱欲是吸引我们的许多情感中的一个强有力的成分。就像烤面包一样，性对于人类是基本的，也富有营养。在《做面包》一诗中，鲁米同样想要用英雄的比喻来表明这一点。在形体中的每一个地方，做爱无时无刻不在进行之中，他说的黄金法则的一个令人惊讶的版本是：要牢记，你做爱的方式，就是真主会与你相处的方式。

一次，在一个很随意的时刻（有很多这样的时刻），我的上师和一对年轻夫妇谈论他们的爱情生活，上师对那个小伙子说：“你见过公牛，在骑上母牛之前，它是如何走向它，用舌头舔它。这很好。我们可以从动物身上学到很多东西。”他劝我，不要对舔阴有这么多的约束。他的名字是巴克斯[①]，他对此总是觉得很好笑。“欲望之狗，”他会说，“我们可以从中学到很多，但我们不能让它领着我们在城里转悠，嗅到一片垃圾，把它拖出来，来到另一只狗撒过尿的地方，然后在一条死鱼身上打滚。它会把我们拉到这里，又拉到那里，如果我们让它这样做，它就会接管我们的生活。我们必须训练这条狗，有时把它拴在后院里，只给它吃残杯冷炙。”他有我的电话号码。不要忽视舔，这依然是我看好的主题。

有趣的是，在这方面，巴瓦·穆哈亚狄恩给人类的性制造幻觉的三种能力起了三个名字：苏冉（Suran），在性高潮的那一刻一个人头脑中所出现的享受的意象；辛汉（Singhan），在同一时刻体验到的傲慢，与业力和狮子的品质相关；塔拉汉（Tarahan），吸引力的通道，会导向性行为，它与产道或阴道有关。这三种力量被认为是摩耶之子。有趣的是，这些古老的泰米尔语词汇描述了在西方我们几乎都没有注意到的心理过程，至少前两个是如此。

---

① 巴克斯（Barks）在英文中有狗叫的意思。——译者注

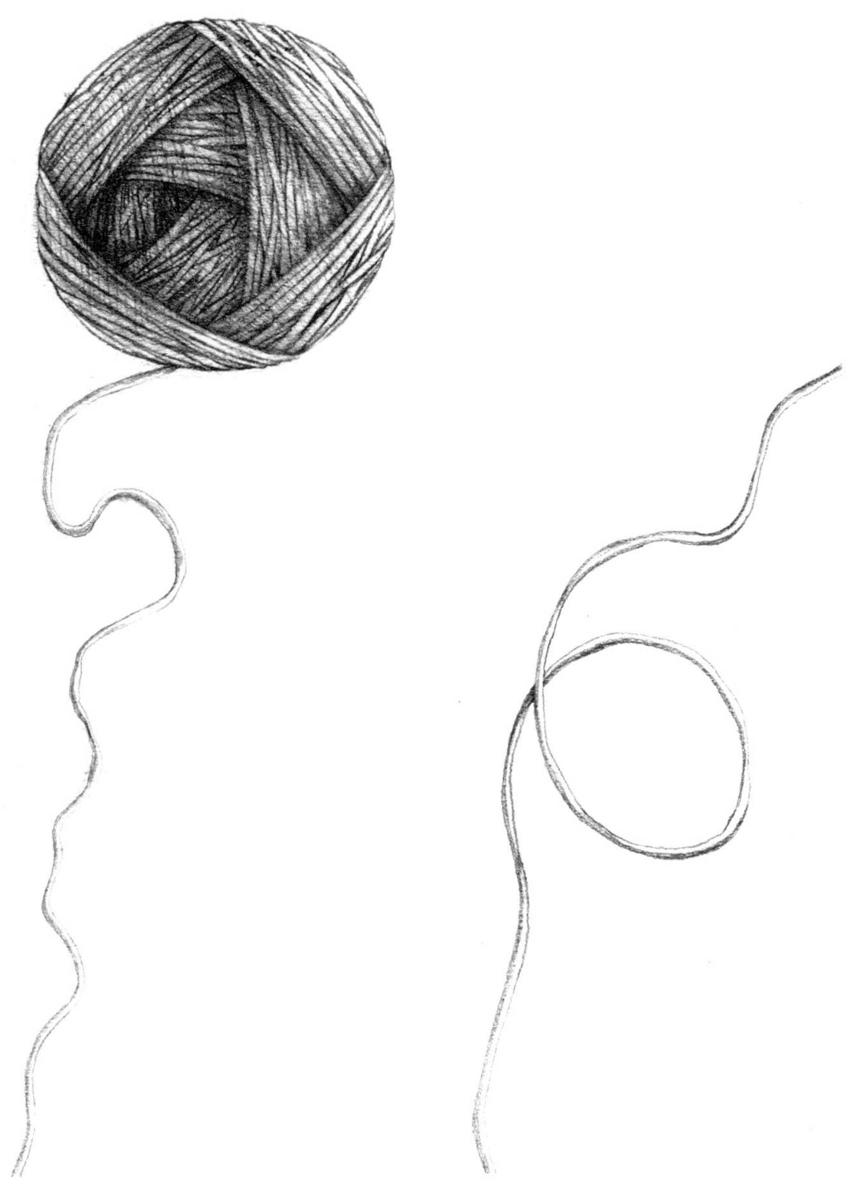

# 公共澡堂

想象现象世界是一只火炉
在给公共澡堂烧水。

有人挑来一筐筐牛粪，
让火炉继续燃烧。把他们称为
唯物主义者，精力充沛的司炉工。

其中有一个人，吹嘘他今天如何
收集并挑了二十筐牛粪，
而他的朋友只挑了六筐！

他们认为，在傍晚计数
才名副其实。他们喜欢干牛粪的
烟味，它们像金子一般熊熊燃烧！

如果你给他们麝香，或者任何
灵魂智慧的芬芳，他们会觉得不快
并转身离开。其他人，则坐在热气腾腾的
洗澡水中洗澡。世界对他们有着不同的用处。

他们喜欢洁净的感觉，他们的额头上
有着鞠躬留下的尘土的印记。
和他们一墙之隔的，是那些
司炉工，他们在锅炉房忙碌，
并相互贬低对方。但有时候，

其中一个会离开锅炉房，
脱下有焦味的脏衣服，
坐在洗澡水中。

奥秘在于，司炉工着迷于
如何让他人的洗澡水
完美地保持热气腾腾。

他们似乎对立，但对于彼此的工作，
他们都必不可少：骄傲地堆积
对火的崇拜，谦卑地脱下长袍
和将自己净化、清空。

正如太阳把湿牛粪晒干，
可以用来烧水，耀眼的锅炉中，
火花从燃烧的污秽中飞出。

## 玛撒拉①

有人在你身边摇摆，
嘴唇在说："玛撒拉，玛撒拉。"

多么神奇。真主就在吸引你的
事物之中。一个无人知晓的春天

---

① 玛撒拉（Mashallah），意思是如真主所愿，指正在进行、尚未完成的事。印沙拉（Inshallah）则是指还没有发生的事。

在山谷弥漫。

恋人走向一顶帐篷，其中亮着灯。
在阳光下，大马士革的垃圾
被翻过来。你自己也要像这样。

指引你灵魂的那位，
时间由他保管，
对他说：“怜悯我，怜悯我。”

走一步，犯错，抬头看。
将军。

## 灵魂和身体

不要给你自己的两边喂得同样多。
灵魂和身体承载不同的负担，
它们需要不同的照顾。

我们常常把鞍座
放在尔撒身上，却让驴子
在牧场上自由奔跑。

不要让身体去做
灵魂胜任的工作，也不要把沉重的负担
加在灵魂身上，而身体却能将它轻易承载。

## 做面包

在一场宴会上，国王已经喝醉。
他看到一位大学者走过。

“把他带过来，让他尝尝这美酒。”
仆人跑过去，把学者带到
国王的桌前，但他并不领情。

“我宁愿喝毒药！把酒拿开！”
他不停地大声拒绝，破坏了
宴会的气氛。这样的情形
有时也发生在真主的筵席上。

一个听说过狂喜之爱、却
从不曾亲口品尝过的人
会扰乱宴会。

他是火焰，却没有光；
他是果壳，却没有果仁。国王命令道：
“斟酒者，行使你的职责。”

这就是你不可见的向导
所做的事，那位与你对战
总是会赢的象棋冠军。

斟酒者打了学者一巴掌，说：“尝一口！

再尝一口！”

酒杯空了，学者开始唱歌，
说荒唐的笑话。

他来到花园，打着响指，
摇摇晃晃。没过多久，他想要撒尿。

他来到外面，在厕所旁边，
见到一个美人，是国王的嫔妃。

他合不拢自己的嘴巴。他想要她！
就在那一刻，他想要她！而她
也半推半就。

他们抱在一起，倒在地上。你一定见过
面包师揉面团的样子。
一开始，他轻轻揉捏，
然后慢慢用力。

他会在案板上捶打。
面团在他的手掌下
轻声呻吟。

接着，他将面团展开，把它摊平。
然后，把它捏成一团，
再把它擀开，摊薄。

接着，加水，揉匀。
接着，加盐，再加点盐。
然后，他灵巧地把面团
捏成最终的形状，再把它
放入烤炉，烤炉已经火热。你知道，
面包如何做成！

你的欲望就是这样
与欲望的对象纠缠。

这不只是一个
描绘男女做爱的比喻。
战场上的战士，也是如此。

一个伟大的拥抱
始终在永生者和
必死者、在本质和偶然之间发生。

每种比赛都有不同的规则，
但它们的本质都相同，

要牢记，你做爱的方式，
就是真主会与你相处的方式。

## 性欲和真正的男子气概

有人向埃及的哈里发提及：

“摩苏尔王
有一个美艳绝伦的妃子，
这就是她的模样！”
他拿出了她的肖像。

哈里发手中的酒杯
掉落在地。他马上派他的将军
领兵向摩苏尔进发。
攻城战持续了数周，伤亡惨重，
城墙和塔楼摇摇欲坠。

摩苏尔王派来使者，说道：
“为何要兵刃相见？
如果你想要这城池，
我可以拱手相让！
如果你想要更多的财富，
那更加易如反掌！”

将军拿出那张画像，
说道：“为的就是她。”

国王立刻回答：
“把她带来。偶像属于

崇拜偶像之人。”

将军见到了她，
和哈里发一样，他即刻
爱上了她。不要觉得
这有什么可笑。

这样的爱，也是无限之爱的
一部分，少了它，
世界就不会进化。

物质从无机物进化到
植物，再到有灵魂的自我，
都是靠想要变得完美
的爱的冲动。

将军看见肥沃的土地，
于是他就播撒他的种子。
他和她在梦中交欢。

当他醒来，他大叫：
“我恋爱了！”

他的迷恋就像一阵浊浪
将他卷走。有什么
变成了一个幻影，
在黑暗的深井中显现，

幻影强大到足以
让真实的雄狮
跳进井中。

将军并没有直接带着妃子
回去见哈里发。相反，他在
一片僻静的草地扎营。他欲火中烧，
已分不清天和地！他的头脑
嗡嗡作响，他失去了理智。

世间的一切都不值一提，
这个农夫扯下妃子的裤子，
身体压向她两腿之间，
他的阳具直接对准靶心。

就在这时，帐篷外传来
士兵们的叫声。

附近沼泽的一头黑狮
闯进了战马群中。
将军一跃而起，光着屁股，
手里拿着弯刀。

狮子正高高跃入空中，
营帐像海洋般波涛翻滚。
将军大刀一挥，将狮子的脑袋劈开。

然后，他跑回帐篷。
当他再次抱住美人，
他的阳具
更加挺立。

激烈的交欢，
就像是与狮子交战。

他的阳具始终坚挺，
并没有疲软地洒落精液。
美人惊讶于

他的男子气概。她将她的激情
加入他的激情。两个人的灵魂
离开他们的身体，合而为一。

每当两个人这样
结合在一起，
就会有另一个灵魂
从不可见的世界到来。
如果没有什么阻止怀孕，
他就会出生。

当两个人在爱或仇恨中结合，
一定会有第三个人到来。

这样的结合是如此紧密。

这样的结盟会带来后代。

要考虑孩子！
因你的性欲而出生的孩子，
在不可见的世界，曾与
另一个灵魂相伴。
他们也有形体和语言。

现在，他们在向你大叫。
你已忘了我们。回来！
要想到这一点。

一对男女在一起，总会有
一个灵魂的结果。
但将军并不明白。

他像一只掉进乳酪罐的飞虫，
完全沉迷于
他的爱情之中。
但突然间，他兴味索然。
“不要向哈里发吐露只言片语。”
他把美人带到哈里发面前。

哈里发一下子神魂颠倒。
她要比他想象的
还美上百倍！他也想要
占有她美丽的身体，为所欲为。

记忆让他的阳具勃起，抽插的想象
让它兴奋地挺立。

当他和美人在床上相拥，
突然有一阵轻响，
就像一只老鼠发出的声音，
这是真主对他的忠告，
让他别再淫逸享乐。于是，
阳具萎靡不振，性欲悄悄溜走。

美人回想起将军跑出帐外，杀死狮子，
当他跑回帐中，阳具依旧挺立。
她放声大笑。
无论她想到什么，
都会让她觉得更加好笑，
就像吸了哈希什的人，
什么事都变得可笑至极。

当美人终于控制住自己，
她说出了实情——
将军在营地奔跑，阳具
像犀牛角一样坚挺，
而因一只老鼠发出的声音，
哈里发就萎靡不振。

哈里发的神志重又清明。
“凭着我的权柄，我从别人那里

抢来这个女人，于是，自然就会有人
来敲我的房门。

奸夫是在为自己的妻子拉皮条。当你
伤害了别人，你也同样
伤害了你自己。

重复的欲望必须在某个地方停止。
就在此刻，用一个仁慈之举。
“我会把你送回将军那里。
愿你俩再共享欢愉。”

这就是一个先知的
男子气概。哈里发虽然阳痿，
但是真正的男子汉。

真正的男子气概，
是克制感官享受的能力。

哈里发的高尚在于，斩断
播种欲望、收获卑鄙和隐秘的循环。
将军强烈的性欲，与哈里发相比，
还不如一只果壳。

## 两种奔跑

有一个人，有一个嫉妒的妻子
和一个非常妩媚的女仆。
妻子十分小心，从来不让
他们单独在一起。
六年来，他们从来不曾
在同一个房间独处。
但后来，有一天，在澡堂，
妻子突然想到，她把
她的银盆忘在家里。

“请回去把银盆拿来。”
她对女仆说道。女仆欢蹦乱跳
跑回家里，心想，她终于有机会
单独和主人在一起。

她欢快地跑着，就像在飞一样。
欲望飞快地将他俩
拉到一起，他都没空把门锁上。

他们立即搂抱在一起。
当身体在交合，
灵魂也融为一体。

与此同时，妻子正在澡堂
洗着她的头发。

“我都干了什么！
我点着了棉花！我把公羊
赶到了母羊那里！”

她洗掉了肥皂，就往家里跑，
一边跑，一边披上她的纱袍。

女仆为爱而奔跑。
妻子却因嫉妒和恐惧而奔跑。

其中有很大的区别。
神秘的恋人会瞬间飞到。胆怯的
托钵僧却要慢慢走上数月。

一天的长度，对于恋人，
就像五万年那样漫长！
你的头脑不可能
理解这一点。你必须爆开！

爱，是一种真主的品质。而恐惧
是那些以为自己侍奉真主之人的属性，
但实际上，他们只关注
阳具和阴道。
守规矩的人在地面上奔跑，
而恋人像闪电和风一样一闪而过，
他们根本无法同日而语。

神学家咕哝着必要性和自由意志，
而恋人和心上人
把他们自己放在彼此心中。

担心的妻子
来到门口，推开家门。

女仆头发蓬乱，满脸通红，
默不作声。

丈夫开始做他
一天五次的祷告。虽然穿着衣服做爱，
但他撩起衣袍，她看到了他湿漉漉的
睾丸和阳具，精液还在滴出，
精液和爱液沾满女仆的大腿。

他的妻子打了他一个耳光。
“难道男人就这样祷告，
用他的睾丸？难道你的阳具
渴望这样的合一？
这就是为什么她的大腿上沾满
这些东西？”

这些问题问得好。
压抑欲望的人
经常会在突然之间
变成伪君子。

## 十一、爱的秘密

鲁米有很多十分荒谬的言论。其中最令人惊讶的一种说法是：“我们的爱是真主的秘密被道出的方式！”爱是一个公开的秘密，是世界上最明显和最隐秘的东西，对于它是如何保守它的奥秘的，也没有任何答案。苏非们说，恋人们的相会，是源于真主最甜蜜的秘密。

穆罕默德这样说过：“人的意识是我的秘密，而我是它的秘密。灵魂本质的内在知识是秘中之秘。我已经将这种认知置于我真正仆人的心中，除了我之外，没有人能了解他的状态。”这种对本质的了解就是爱的秘密。

在心灵的最深处，有一个随能量而来的真理，有一种爱，一种了解真相的本质。鲁米试图带领我们进入这个永不消失、没有任何限制的领域，当我们认识到，每一个人都像我们自己的孩子和子孙一样珍贵时，这样的认知就会来临。巴瓦很清楚地告诉我，我需要超越血缘关系。养育孩子打开了我的心扉，但他指出，我需要把每一个人都当成我的家人。他如此美丽地把他遇到的每一个人都视为他的亲人。我爱你们，我的孩子们、子孙们、兄弟们、姐妹们、母亲们、父亲们、叔叔们、阿姨们、曾孙们。在每一次讲道开始和结束时，他都会声明这种家庭关系。

有人也许会排斥这种天下一家、和平主义的多愁善感。我并不主张我们要解散军队，甚至解散教会，尽管我非常想这样说。圣殿、歌声、静默、星期三晚祷，能有这些非常好。我们需要更多的神圣的户外空间，并减少封闭的地方，请让我们停止为了书本而互相残杀！让我们改为为蓝草、色拉油、割礼、宿命、前戏、谁的叔叔有纯正的血统、介词去了哪里、我们死后会发生什么而彼此厮杀。这些都值得我们为之奋战。书本这种东西真的陈旧不堪了。

巴瓦·穆哈亚狄恩说："永远不要争斗或争论，因为对真主来说，争斗和争论并不存在。对真主来说，一切都是爱，一切都处于爱、同情和真理的形式之中。愿真主赐福于你，并活在恩典之中。"

## 接近真相

我们如何才能从内在
了解神性的品质？如果我们
只通过比喻了解，那就像是

当孩子问性爱是怎么回事时，
你却回答："就像糖果，
非常甜蜜。"性爱的本质

伴随愉悦而来。
无论你如何谈论奥秘，
我知道，或者，我不知道，这两种说法

都接近真相，这两种说法都不算是谎言。

爱是来自奥秘的信使
给我们带来讯息的方式。

爱是母亲。我们是她的孩子。
她在我们的内在闪耀，一会儿显现，一会儿消失，

当我们失去信心，或者，感觉它开始再次生长。

他们想要说明你是什么，是灵魂，还是男女。
他们对素莱曼和他的妻妾疑惑不解。

他们说，在世界的身体之中，有一个灵魂，
而你就是这个灵魂。

但在彼此之间，我们有道路相连，
永远也不会有人提及它们。

在春天，来到果园。
在石榴花中，有光明、
美酒、心上人。

如果你不来，这些就无关紧要。
如果你能来，这些就无关紧要。

## 十二、爱的训练

鲁米说，一个狂喜的人是一面反映一切的明镜。我们爱什么，我们就是什么。当心灵越来越洁净，我们就会如实地看见王国。我们变成了被反射的光线。擦拭镜子也可以与修行有关，我们每天所做的奉献，是把自己清空。或者，当我们活在灵魂之中，一切都可以用来让我们变得更加清明。穆罕默德说过：“侮辱我的人只是在把镜子擦得更亮。”我说不清，擦亮心镜到底是指什么，但我觉得，它正在慢慢发生，而且它似乎与训练有关。我所说的训练是指，把时间交给鲁米所谓的镶嵌宝石的内在生活，这可能就是对内心的观照。

鲁米还说，擦亮心镜是由我们渴望的强度来完成的。要记住自己是谁并据此而行动，这是极其困难的。各种忆起的习惯都会有帮助。赞念、一日五祷、黄昏时的漫步、20分钟的冥想。雕刻石头、唱歌、念诗。找到属于你自己的特别的训练方式。于是，在鲁米称为“凝望溪水”的擦亮心镜过程的最后，一种创造性就会来临。这就像是看变成了做清明梦一样。我们看着灵魂在演戏。光明的大门打开了。我们向里面望去。

## 是谁做了这些改变

是谁做了这些改变?
我朝右射出一支箭。
它却落在左边。

我骑马尾随一只鹿，却发现
自己正被一头野猪追逐。

我谋划想要得到一样东西，
到头来，自己却进了监狱。

我挖坑想要陷害别人，
自己却掉了进去。

我应该怀疑
自己想要的是什么。

## 溺水

对那些饱受欲望折磨、
为情所困的人，
我能说些什么?

把你的水罐砸向石头。
我们再也无须

把海洋的碎片搬来搬去。

我们必须让自己溺水，远离英雄主义，
以及对英雄主义的描述。

像一个纯粹的灵魂那样躺下，再为它
盖上身体，就像一个新娘，丈夫
为她盖上被子。

## 狗的问题

现在，要是一只狗的主人
管不住他的狗，那该如何？

一个托钵僧正好走过，狗突然冲出来。
托钵僧说："碰上恶狗攻击，
我会向真主寻求庇护。"

而狗的主人只得说：
"我也是如此！这头畜生
让我多么无助，甚至在我自己家中！

就像你无法走近，
我出不了家门！"

动物的冲动就是这样变得恶毒，

并破坏你生活的美好与安宁。

试想，要是你牵这只狗
出去打猎，你自己会成为猎物！

## 赞念

一个赤裸的男子跳进河中，一群黄蜂
在他周围飞舞。河水就是赞念，
忆起：一切非真，
唯有真主。

黄蜂是他性欲的记忆——一个女人，
他的头一露出水面，它们就会蜇他。
呼吸河水。从头到脚，成为河水。
黄蜂就不会来打扰你。

即使你离河很远，
它们也不会注意到你。

当太阳出来，没有人会去寻找星星。
与真主结合之人并不会消失。
他只是完全沉浸在
真主的品质之中。你要不要
引用《古兰经》?

每一个人都会被带到我们的临在面前。

加入那些旅行者。我们点燃的灯都会熄灭，
有的很快，有的直到天明，
有的黯淡，有的明亮，它们全都要
添加灯油。如果一个房间里的灯熄灭，
它并不会影响隔壁房间。

这是动物灵魂的故事，
而非神性的灵魂。阳光照耀每一座房子。
当夕阳西下，所有房子都沉入黑暗。

光明是你老师的形象。你的敌人
喜欢黑暗。蜘蛛在一盏灯旁
编织蛛网，用蛛丝织成一张面纱。

不要试图抓住马腿来制服一匹野马。
要抓住它的脖子。要用缰绳。要明智。
然后骑上它！必须否定你的自我。

不要看不起传统的遵从。它们非常有用。

## 男子气概的核心

男子气概的核心，并非来自
做一个男子汉，也不是来自

安慰他人的友善。

你的老奶奶说：“也许，你今天
不该上学。你的脸色有些苍白。”

当她这样说，你要快跑。
父亲的耳光会更加管用。

你身体的灵魂想要安慰。
严厉的父亲希望灵魂的清明。

他会责骂，但最终
会让你明白。

祈祷你有一个严格的老师，
服从，行动，留在你的心中。

我们一直忙于积聚慰藉。
我们要害怕，自己以前的样子。

## 清明的存在

我尊敬那些
想要摆脱谎言的人，
他们清空自我，
只留下清明的存在。

## 灵魂的挚友

聆听你最本质的自我，那位挚友。
当你满怀渴望，要耐心，
也要谨慎，适度饮食。

要像风中的大山。
你有没有注意，它如何移动？会有
可爱的幻觉，前来把你引诱。

给它们一些借口："我肚子痛"。
或者："我要去我表兄那里"。

你这条鱼，被你咬住的钓钩，
也许值五十甚至六十个金币，但它真的
比得上你大海中的自由？

当你在路上旅行，把包放在你的身边。
我就是那只装着你的爱的包裹。
你有可能把我丢失！

小心地生活在这友谊的喜悦中。
不要去想：但那些人这么爱我。

有些邀请，听起来像
捕鸟人向鹌鹑吹的口哨，
听着友好，其实不然。

请回想一下，你灵魂的挚友
对你的呼唤。

## 渴望

渴望是奥秘的核心。
渴望本身会带来疗愈。
忍受痛苦，这是唯一的法则。

你必须训练你的愿望，
你想要让什么发生，
那就先奉献什么。

清晨的风儿带来清新。
我们必须起床，让风吹进来，
是风儿让我们充满活力。
呼吸，在它离开之前。

## 是什么吸引你

有两种旅人，那些
并非自愿、盲目而虔诚的人，
和那些因为爱而顺从的人。

前者别有用心。
他们想要的是附近的助产士，
因为她送给他们牛奶。
后者爱上了护士的美丽。

前者背诵经文，为的是
引经据典。后者消失于
把他们引向真主的事物之中。

两者都受到源头的吸引。
任何运动，都来自运动者。
任何爱，都来自心上人。

## 恐惧

每个人都能看到，他们如何擦亮了
自我之镜，这由我们所得到的
渴望完成。

不是每个人都想成为国王！
在每个人心中，有着不同的角色
和许多的选择。

当遇到麻烦，一个人打点行李，
起身离开。另一个人则留下来，
体会心中更深的爱。

在战场上，一个人惊恐地逃命。
另一个人，同样害怕，却转身
更勇猛地战斗。

## 老师的酬劳

真主说，饮食要适度，
但当你接受光明，绝不要感到满足。

真主将世上的珍宝赐给一位老师，
老师回答道：“我要与真主相爱，

并希望因此而得到酬劳！”一个仆人
会因他的服务而想要得到报酬。一个恋人

只想沉浸在爱之中，这海洋的深度
永远都无人知晓。

## 凝望溪水

灵魂与感官和智能的关系
就像是一条小溪。

当渴望的水草茂密生长，
智能就无法流动，

而灵魂的动物就会藏而不露。
但有时，智能的清流如此汹涌，
它会将堵塞的溪水冲开。

别再哭泣，别再沮丧，
你的生命如此强大，
就像你以前的渴望，甚至更加强烈。

欢笑，并且心满意足，欢畅的水流
会让灵魂的动物现身。
往下看，你会看到清明之梦。

光明的大门打开了。
你向里面望去。

## 擦镜子的人

当一夜之间一切都改变，我赞美
违背诺言。

无论爱想要什么，
它都会得到，不是明年，而是现在！

凭永远不说明天的那位之名
我发誓，就像圆月拒绝
一片片贩卖它的银辉。

它给予它的全部。

寓言如何得出结论，谁会诠释它们？
每一个故事都关于我们。这就是我们之所是，
从最初，到无论它如何结束。

我该不该用代词“我们”？当挚友
走过，墙砖都获得了意识。
不孕的妇女生出孩子。
所以，美会呈现它自己。

知道一顿饭的味道的人，
是那些坐在桌前吃饭的人。

恋人和挚友，是同一个生命，
也是分开的两个人，

就像擦镜子的人
融化于镜子之中。

## 十三、从浪漫转化为友谊

国王、侍女和神医的故事，是从浪漫的情欲之爱到与挚友相会的爱的转变，这就是这一节的奥秘。鲁米说，无论我们试图怎样解释这个新的领域，听起来都会令人困窘。

有的解释会澄清事实，但有了爱
沉默会更加清晰。一支笔

胡乱涂鸦，但当它想要写下
爱，它就折断了！如果你想要阐释

爱，那就抛开你的头脑，
让它躺在泥浆中。

正如莎士比亚永远地改变了“to be[①]”这个词一样，鲁米则改变了“挚友”一词。这样的相会能够将内在生命转化为外在生活，将外在生活转化为内在生命。友谊的密谈是“奥秘的信使对我们说话的方式”，可以称之为圣灵、希德尔[②]、佛心、挚友、心上人、主，有一种从浪漫之痛——爱的疾病——到与“一个像黎明一样的人”相遇的转变。这种友谊会突破欲望的停滞和失落，并进行一次清算，以“窥见真主的奥秘”。爱从令人兴奋的性关系变成了一种生命的存在状态——最真的健康。

① 指莎士比亚戏剧《哈姆雷特》中那句著名的台词：“是生，还是死，这是个问题。”（To be, or not to be, that is the question.）——译者注

② 希德尔（Khidr），在伊斯兰世界被认为是一个存在于可见世界和不可见世界交界的向导。希德尔似乎特别与孤独和那些不可见的老师有关。为心灵王国而放弃外在王国的国王易卜拉欣说：“我在旷野中生活了四年。希德尔是我的同伴。他教给我真主的圣名。”

## 烤肉串

去年，我尊崇美酒。今年，
我在红色的世界中徜徉。

去年，我凝视火焰。
今年，我是烤肉串。

口渴把我带到水边，
让我畅饮月亮的倒影。

如今，我是一头昂首凝望的雄狮，
完全迷失于对事物本身的爱之中。

不要问，什么是渴望。
看着我的脸。

灵魂喝醉了，身体毁坏了，它们俩
无助地坐在一辆破车中。
谁也不知道如何修车。

而我的心儿啊，
我要说，它更像是一头陷在泥坑中的驴子，
拼命挣扎，越陷越深。

但请听我说，暂时，
别再悲伤。聆听赐福

在你周围撒落
它们的花瓣。真主。

## 坐在果园中

有一个人坐在果园中，果树结满果实，
葡萄挂满藤蔓。他的头
枕在膝盖上，他的双眼紧闭。

他的朋友说道：“当世界如此美好，
满目都是恩典，为何还要
沉浸在神秘的冥想之中？”

他回答道：“这外在
是内在的显现。我更喜欢它的源头。”

自然之美是树枝
在溪水中的倒影，在其中闪烁，
却并不在其中。与树枝和倒影相比，

灵魂中的生长更加真实。
对这一切，我们欢笑，感到开心或难过。

要努力去闻
真正果园的芳香。品尝
葡萄园中的葡萄园。

# 喀布尔王子

这是一个年轻王子的故事，他突然明白
雄心勃勃的世界，就是一个大山之王的
游戏，一个男孩爬上沙堆，

大叫：“我就是国王。”
然后，另一个孩子把他推下沙堆，自称为王，
接着，又有孩子把他推下去，这样周而复始。

繁复的世界有时可以
变得非常简单，而岁月
和这种认识无关。

要窥见奥秘，文字并非必需。
只要存在，它就会显现。一个国王
梦见他年幼的王子夭折。在梦中，

他悲痛欲绝，整个世界
顿时黯淡无光，他的身体变得迟钝。
突然，他在一阵
他从未体验过的喜悦中醒来。

他的儿子活了过来！他心想：
这样的悲伤竟能带来这样的喜悦。
这就像是对人类开的一个玩笑，我们都在

悲喜之间被拖来拖去，就像
脖子上拴着两根绳子。解梦的人说，
梦见欢笑，就预示着

哭泣和悔恨；梦见泪水，就会有喜事来临。
这时，国王转念又想：梦中发生的事，
真的随时都有可能发生！

如果我的儿子死了，我需要继承人。
当一支蜡烛熄灭，你需要
点燃另一支。我的儿子必须生下后代。

他到了结婚的年纪。我要给他
找一个新娘。亲爱的读者，这样的推理
无懈可击。打开任何一本医书，查看

一下目录，肿瘤、皮疹、
发烧，有上千种死法！
每一步都会把你带入蝎子坑。

他给王子找了一个妻子，并非来自
王室，也非来自富贵之家，而是来自一个
贫穷、诚实的工匠家庭，一颗开放的心灵

才是最大的财富。一个美丽的少女
就像早晨的太阳一样清纯。王室的妇人们
竭力反对，但国王已经

做出决定。他知道，与外在的财富相比，
内在的财富更有价值，就像一缕头发
与一队又长又弯的驼队相比。

如果你拥有商队，何必在意
留在身后的垃圾？命运真是诡异，
当婚期临近，喀布尔的

老巫婆爱上了英俊潇洒的王子。
她给他施了巴比伦的魔法，
这样，他就会在婚礼上

抛弃他的新娘，并且，在一年之内，
他会亲吻喀布尔女巫的鞋底。
每个人都在为他哭泣，他却

无知地大笑。他的父王不断祷告：
“主啊！主啊！”出于这样的哀求，
一位大师从路上走来，前来

拯救王子。“在黎明之前，
到墓地去，”大师说道，
“找到靠墙的白色坟墓。

按你的祷告毯所指的方向，
从那里挖下去。你会明白
真主行事的方式。”这个故事很长，

你已经累了。我这就说出要点。
王子按照大师的吩咐办，解除了魔法。
他跑到父王那里，拿了一把宝剑，

穿上一身盔甲，他挖出的标记
表明，他认识到了自己的错误
并准备好承担任何后果。

国王下令，全城张灯结彩，
庆祝王子的新婚。于是，
豪华的婚宴准备就绪，

甚至把果子露喂给流浪狗！王子
对老巫婆如何迷住了他惊讶万分，
在恢复理智之前，他倒地昏迷了

三天三夜。靠着玫瑰露的药方，
他渐渐苏醒。这样的新生活
过了一年。于是，国王开始

和他的儿子开玩笑："你是否记得
你的那个老友，在她的床上感觉如何？"
"别提了！"王子大叫道。

"那只是一场噩梦。如今，我已找到
我真正的新娘。"这位王子
就是人类的灵魂，你的本性。

喀布尔的老巫婆，则是感官世界的
色彩和香味。当你说“我向黎明之主
寻求庇护”，魔咒就被解除。

这个女巫拥有巨大的魔力。
她可以在你心中打结，只有
真主的呼吸才能解开。

不要轻视她的诱惑。王子陷在她的罗网
整整一年。你也许会在那里待上
六十载。你说，当你不再喝

黑暗世界的酒，你就会变得越来越不安，
但如果你能在短短的一瞬
看见一个活的生命，你就会从你的脚上

拔出那根刺，你就不会
一瘸一拐。让挚友容颜的明灯
告诉你去哪里。无我
才是你真正的自我、宝剑

和盔甲。而大多数人
都这样活着：就睡在清澈溪流的
岸边，却依然口干舌燥。

在梦中，你跑向海市蜃楼。
当你一路奔跑，你为看到了绿洲

而自豪。你向你的朋友们吹嘘：

“我有千里眼。跟我来，
我找到了水源！”这种爱，只会幻想
远方的满足，这样的旅程，会让你

品尝不到你所在之处、你之所是的
活水。它比你脖子上的静脉离你更近，
它的浪涛拍打着你。在这里，在这里。

你是谁、你在哪里，答案
就在你的内在沉睡。你的生命睡去、
醒来、睡去、梦见甘甜的清水，

那是真主的味道。也许，另一个旅人
会来帮助你看到这溪水，
就像久旱无雨时，所有人都在哭泣，

只有他一个人在大笑。庄稼
已经焦枯。葡萄园中的叶子已经发黑。
人们像被扔上岸的鱼儿一样

奄奄一息，然后死去，但有一个人总是
面带微笑。一群人上前问道：“对这样的苦难，
难道你没有丝毫同情？”他答道：

“在你们眼中，这是一场旱灾。对于我，

这是真主喜悦的一种方式。在这沙漠之中，
我看到到处都长满齐腰高的

绿玉米，一片幼穗的狂野海洋，
比韭菜更加碧绿。我情不自禁
伸手去触摸它们！你和你的朋友

就像在你身体之血的红海中
溺水的法老。要与穆萨[①]为友，
看到这另一条河的河水。”

当你认为，你的父亲犯有
不公的罪行，他的脸就看似冷酷无情。
对于嫉妒的兄弟们，尤素福看上去

非常危险。当你与你父亲讲和，
他就会显得平和安详。
整个世界都是真理的一种形式。

当有人并不心怀感恩，
他的感觉就会显现在外在。
它们像镜子一样反映他的愤怒、

贪婪和恐惧。与宇宙讲和。

---

① 伊斯兰教中的穆萨，相当于《圣经》中的摩西，是《旧约》中所记载的公元前13世纪犹太人的民族领袖。他在犹太教、基督教、伊斯兰教和巴哈伊信仰等宗教里都被认为是极为重要的先知。——译者注

只挑选喜悦。它会变成金子。
复活会在此刻发生。每一刻
都是一个不会令人生厌的美人。

但是，你的耳朵里充斥着
各种喧嚣的噪声。树枝摇曳，

就像人们起舞，当他们
突然了悟神秘的生命。
树叶打着响指，就像
它们正在聆听音乐。

它们是在聆听！镜子的碎片
都会在毛毡下照出光亮。想一想，
在阳光下，当毛毡完全揭开，又会是
怎样的情形！有些奥秘
我不会告诉你。

## 手腕

你是谁？内在的视力？
心灵？半明半暗的神性，这是不是你？

你播种收获吗？你是太阳的
朋友吗？他飞快地来了又去。

不要忘记你的垂直通道，
高贵之夜①，

不要躲起来，不让那一位看到你，
我们所有的秘密
都放在他的枕头下，
他是恋人们的医生，这个
厚重世界的灵魂，

他能像揉面团一样
将钢铁折弯，也能让身体变得轻盈。

任何信仰都不必进入这个帐篷，
在这里，讲述着一个又一个爱情故事。

我记住了这些话语，它们由
从夏姆士手腕上
飞来的猎鹰捎来。

如果心上人无处不在，那么，
恋人就是一张面纱，
但当生活本身
变成挚友，
恋人们就会消失。

---

① 穆罕默德的高贵之夜是指《古兰经》经由他传导而来的夜晚，在斋月的第27个夜晚庆祝。

## 国王、侍女和神医

你是否知道，为何你的灵魂之镜
已没有它原先那样明亮?

因为铜锈已开始将它覆盖。
它需要擦拭一番。

这是一个关于内心的故事，
这就是灵魂之镜的含义。

从前，有一个国王，
在两个王国中，他都非常强大，
可见的世界，以及
灵魂世界。

有一天，他骑马去打猎，
他看见一个少女，被她的美貌
所吸引。按照风俗，他付给她家里
一大笔钱，要她去王宫当侍女。
国王爱上了她。

他心中的激情，就像一只
刚被关进笼子的鸟儿。

但她一到王宫，就病倒了。
国王带御医们给她会诊。“我们俩的命

就在你们手中。她的命，就是我的命。谁能把她治好，
就会得到我最珍贵的财宝，
无论是镶嵌珍珠的珊瑚，还是翡翠玛瑙！”

于是，御医们开始诊治，但不管
他们如何医治，侍女的病还是越来越重。

看到御医们一筹莫展，国王光着脚
跑进清真寺。他跪在祷告毯上，
泪水将毯子沾湿。

他消融于寂灭之中。
他大声求助，恩典的海洋
将他淹没。他不停哭泣，直到
在祷告毯上睡去。

一位老人出现在他的梦中。
“仁慈的国王，明天，会有一个陌生人前来。
他是你所能信任的医生。要按他的吩咐行事。”

当黎明来临，国王坐在
王宫屋顶上的观景台。
他看见一个像黎明一样的人向他走来。

他跑上前去，迎接这位客人。就像
两个热爱戏水的泳者，
他们的灵魂紧密相连，没有缝隙。

国王说道：“你才是我的心上人，

而不是那个姑娘！”他张开双臂，
将这位神医抱在怀里。
他亲吻他的手、他的额头，询问他的旅程
是否顺利。他把神医请上首席。

“终于，我找到了耐心所能带来的，神医的容颜
回答了所有问题，他只要看一眼，
就能解开错综复杂的谜题。”

他们相谈甚欢，享用着灵性的美餐。
接着，国王把神医带到侍女的病床前。

他只看了一眼，就明白了她痛苦的秘密，
但他并没有告诉国王。
当然，这秘密，就是爱情。

爱是星盘，能窥见
真主的奥秘。世间的情爱、灵魂之爱，
任何爱，都会看向那里，
但无论我如何形容，要想解释爱，
总会令人困窘！

一支笔胡乱涂鸦，但当它想要写下
爱，它就折断了！如果你想要

阐释爱，那就抛开你的头脑，
让它躺在泥浆中。它于事无补。

世上没有什么
像太阳一样奇怪。灵魂的太阳
更加奇怪。你想要它存在的证据，
所以你整夜谈论灵魂。

最后，当太阳升起，
你却睡着了。看，太阳！

夏姆士，就是
太阳的言辞，当他到来，
一切都隐藏起来。胡萨姆
碰了碰我的手臂。他想要让我
再多讲讲夏姆士的事。

胡萨姆，不是现在。
我不知道如何让话语有意义，也不知道
如何赞美。在挚友的所在，只有真理
才能说出口。
让我就待在这里。

但胡萨姆恳求道："就和我说说吧。赶快！
时间是一段陡峭的下坡路。苏非应该是
当下的孩子！不要说，明天或以后。"
我答道：

“最好，挚友之道
隐藏在故事之中。让奥秘
由恋人身边的人说出，而不是
恋人向对方倾吐。”

“不！我就想要最赤裸、
最真实的真理。当我和心上人
躺在一起，我可不会穿着衬衣。”

“胡萨姆！如果挚友
赤裸着来到你面前，你的心儿
将会无法忍受。要求你想要的东西，
但要有限度！”这样的对话会没完没了。

回到前面，我接着说国王、
为情所困的侍女
和神医的故事。神医说道：

“让我单独和她说几句。”
于是，他轻声问道，“你住在哪里？
谁是你的家人？那里还有谁和你关系亲密？”

他握着她的手，替她把脉。
她讲了很多故事，提到很多名字。
他会重复他们的名字，以测试她脉搏的反应。

最后，他问道：“当你去别的城镇，

你最有可能去哪里？”
她提到了一个小镇，她在那里
购买面包和食盐，

直到他碰巧说出撒马尔罕！
一个像蜜一样甜的小镇。她的脸儿绯红。
她屏住了呼吸。哦，她爱上了
撒马尔罕的金匠！她对他朝思暮想。

“他到底住在哪里？”
“就在加塔法街的桥头。”
“现在，我终于可以治好你的病。”

神医求见国王，并只说出了
故事的一部分。“因为某种原因，
我们必须把撒马尔罕的一个金匠带来。”

国王派去他的使者，轻易就说服这个人
暂时离开他的金铺。当金匠赶到，
神医说道：

“把姑娘嫁给这个金匠，
她就会彻底康复。”于是他们成婚，
在半年里，这对新人彼此相爱，心满意足。
姑娘终于完全康复。

接着，神医给了金匠一瓶魔药，

让他开始生病。他不再英俊，
他的脸变得又瘦又黄。

姑娘不再爱他。任何基于
美貌的爱情，都不是最深厚的爱。要选择
爱上不死的生命。慷慨的那位
并不难找。

但神医为何毒害可怜的金匠？！
他这样做，并不是为了国王。

其中的原因是一个谜，
就像希德尔割破男孩的喉咙。当有人
被这样一个神医杀死，那会是一种赐福，
即使表面上看并非如此。

这样的神医，是更大的慷慨
的一部分。不要评判他的行为。
你并不像他那样，完全活在真相之中。

理智无法谈论
它的爱。只有爱能解开
那个秘密。
如果你想
变得更加充满活力，爱
就是最真的健康。

## 十四、合一

最强烈、最深沉的呼喊，来自已经知晓合一却又失去了它的人。鲁米说：“把他的渴望给我！”

我见过一个活在合一之中的人，至少一个。他们可能就隐藏在我们周围的人中间。巴瓦·穆哈亚狄恩①就完全临在于每一个当下，观照每一个细节，哪怕是留在案板上的一点洋葱皮碎屑，他在一呼一吸间都觉知到流经他的神性临在。在费城，他坐在他的床上。能在他身边是一件令人兴奋的事，就像呼吸着瀑布附近的臭氧一样。他回答问题，并聆听别人讲他们自己的故事。他大笑，并且处理业务上的事。他也监督午餐的烹饪，亲自

① 我想过在这里加入一小段他的传记，但我不能这样做。他的教诲非常美丽，他说，一个人太过辽阔广大，无法用言辞来形容。巴瓦总是避而不谈有关他个人生活的问题。我并不想描述，在 1977 年 5 月 2 日化为一个光球进入我梦中的那个人是一个什么样的存在。我对他的感激无以言表，他打开了我的心扉，并继续教导我。

称量和添加调料。

鲁米说，恋人是那些看似在明智地思考非常棘手的问题、世界局势、人际矛盾的人,“但其实，他们正靠着背，驾着马车，在通往布哈拉的路上，灵魂之美是他们唯一的专长。”这就是我在巴瓦的房间里的感受。他是我所见过的最有爱心的人，有关深邃的心灵，他有很多话要说。他就活在其中。他称之为一座有99扇窗户（真主的99种品质）的房子、一个庇护所、一座花园、一处仁慈之地、一块不死之肉、真正的朝圣者的天房、光明之源——灵魂。他还认为，人们无法也绝不能评判另一个人的内心。只有神圣智慧才能这样做。

心灵是无法谈论的。我们必须和临在一起体验临在的神秘而深刻的渗透。哈兹拉特·伊纳亚特·汗说，我们在此的目的就是要把真主化为现实，这是一项艰巨的、有可能导致不平衡的任务。一个人的狂喜状态有可能变得过度饱满。鲁米警告说，在屋顶饮酒是危险的。试图将真主化为现实有可能会让我们丧命。如果我们不从屋顶上掉下来，我们醒来时也会带着宿醉，而这会削弱意识。因此，酒醒后的悔恨是有益的。平衡爱（热情）和训练（实际的助益）的工作在这一节的第一首诗中得到美妙的阐释，这样的饮水被比喻为“日出的红宝石”。

## 日出的红宝石

在拂晓时分，黎明
即将来临，恋人和心上人
醒来喝水。

她问：“你是爱我更多，还是更爱自己？
别骗我，一定要说实话。”

他说：“我毫无保留，就像一颗
举向朝阳的红宝石。
它依然是一块石头，还是
一个红色的世界？它对阳光
没有丝毫抗拒。”

红宝石和朝阳合一。
鼓起勇气，训练你自己。

完全成为聆听和耳朵，
把这太阳红宝石当作耳环。

干活，继续挖你的井。
不要想着逃避你的工作。
泉水就在某个地方。

坚持每天修习。
你的专一，

是门上的铜环。

持续敲门。屋里的喜悦
最终会推开窗，张望，
看是谁站在门外。

## 我赞颂的世代

昨天，美人黎明
早早地来看望我，我却不知道

我的心儿会去谁那儿。接着，
今天早晨，你也来了。

我是谁？风、火和潮湿的大地
用力推我，因为

它们怀上了爱，爱
怀上了真主。这些就是

我赞颂的清晨的世代。

## 一个摇晃的生命

爱，并不高高在上，爱从不

这样，书籍、纸上的任何标记、

人们对彼此说的话，
也不这样。爱是一棵树，

长着伸向永恒的树枝，
树根也深深扎入永恒，

并且，没有树干！你是否见过？
头脑无法看见。你的欲望

也看不见它。你对这爱的渴望
来自你的内心。

当你成为挚友，你的
渴望就会像一个

在汪洋中抱住一块木头的人。
最后，木头、人、

大海，成为同一个摇晃的生命——
夏姆士·大不里士，真主的秘密。

⚜

就像这样被抱在怀里，吸着奶，
无欲无求，品尝奶的云海，

从未如此满足。

## 在早晨，灵魂、心儿和身体

有一个早晨，神圣的临在来看望你，
而你，像一只沾着尘土的、高歌的公鸡。

你的心儿听见，并且不再疯狂，它开始
起舞。在那一刻，灵魂
触及了全然的虚空。你的心儿变成了麦尔彦[①]，

奇迹般地怀孕，而身体，像一个
两天大的尔撒，道出智慧之言。现在，
心儿转向光明，而身体，跟上了节奏。

夏姆士·大不里士所到之处，他的足迹
就化为音符，和你一起掉进天空的洞中。

今天，就像任何一天，我们醒来，
空虚而又害怕。不要打开书房的门
开始读书。拿起你的乐器。

---

① 伊斯兰教中的麦尔彦，相当于《圣经》中的圣母马利亚。——译者注

让我们所爱的美，成为我们所做的事。
有千百种方法，跪下并亲吻大地。

在对和错的观念之外
还有一个所在。我会在那里与你相遇。

当灵魂在那里的草地上躺下，
世界就满得没法谈论。

观念、语言，甚至“彼此”这个词，
都没有任何意义。

## 十五、在你死前死去

死亡是上一节中所描述的急剧变化的关键。当我们以某种深刻而确定的方式知道我们即将死去，我们就会更快地迈向臣服。这是生命的巨大谜语，我们必须在我们死前死去，这就是消融于心灵之中。如果不是在死前改变，我们肯定会在死亡中被改变。

⚜

根据它的烛光之美，来评判一只飞蛾。
夏姆士是不可见的，因为他在视力之中。
他就是无时、无刻、无处不在的
智慧的本质，他就是看本身。

## 胡萨姆

有一种超越个人性的方法，
一种死亡，能让单数变成复数。

一只飞进乳酪的飞虫，会成为
众人的营养。胡萨姆，你的灵魂就是如此。

来自不可见世界的千百种印象
渴望着经由你而到来！

我因这丰盛而眩晕。当生命
如此可爱，这意味着源头正将我们吸引。

清新就来自那里。我们获赠的礼物
是不断地死去和复活。

现在，对于我，身体的死亡就像是睡眠。
不要害怕溺水。我在另一片水中。

石头不会在雨水中融化。《玛斯纳维》第五卷
就此结束。

有人仰望，指点夜空中的繁星。
也有人，能靠星象而获得指引：

射手座的弓箭将敌人射穿，水瓶座
淹没了果树，金牛座耕耘着它的真理，

狮子座将黑暗撕扯成红色的绸缎。
用这些话来改变。要善良和诚实，

有害的毒药会在你内心变甜。

## 凝望溪流

一个恋人凝望溪流，希望
飞快弯腰，跪下，然后
直到完全趴下。

一个恋人想要在他的爱中死去，
就像一个浮肿的人知道，
水会要了他的命，但他
无法否认他的干渴。

一个恋人爱上了死亡。

把你的水壶
泼向河中！
你的羞耻和恐惧
就像毡布盖住寒冷。
扔掉毡布，赤裸地
冲进死亡的喜悦。

## 空船

一项艰巨的工作正在进行。
别人说什么，怎么可能重要？

你脚下的道路从地平线上跃出。
与你相比，一粒种子算得了什么？

在我死去的那天，我会知道答案。
我已经清扫了这所房子，于是，你的工作
就能充满每一个房间。

我滑过，就像一只空船
在水面上经过。

⚜

在爱的屠宰场，他们只杀死
最好的，而会放过软弱或畸形的。

不要逃避这样的死亡。
不是为爱而被杀死的人，都是行尸走肉。

## 我信任你

灵魂，是一张刚剥下的兽皮，粗陋，
沾满血迹。对它进行加工，
加入用悲哀制成的鞣酸。

你会变得可爱而又坚强。
如果你自己完不成这项工作，不要担心。
你不必做出任何决定。

挚友比你知道得更多，
他会带来困难、悲伤和疾病，
作为医药、快乐和你被

击败的那一刻，当你听到“将军！”，
并最终能说出哈拉智[①]的那句话，
“我信任你把我杀死”。

① 阿尔-哈拉智·曼苏尔（Al-Hallaj Mansur），于公元922年在巴格达殉道。他宣称：“我就是真理，我就是真主。”

## 伊麻德－木勒克

还记得那个国王的故事吗?
他对他的好友勃然大怒，差一点把他杀死!

尊贵的调停者伊麻德－木勒克走上前来，
救了那个人，但国王的好友

刚刚获救，就转身离开，并不感谢
这位调停者。一个老师来问他:“为什么

你的举动如此怪异? ”他答道:“我当时的
情形，就像穆罕默德所言，‘没有人

这样接近过真主’，如果国王想要
砍掉我的头，他可以再给我装一个新头，
或者不装。他临在下的黑夜
抵得上没有他的一百个节日。”

在这临在中，没有宗教，没有恩典，没有
不忠，没有惩罚，也没有语言

能谈论它，只能说:它隐而不显，隐而不显。

你说过，你是你之所是。

我是我之所是。
你的行动在我的头脑中，
我的头在我的手中，
里面有什么在旋转。
这如此完美旋转的东西，
我说不出它的名字。

有些夜晚，要保持清醒，直到黎明，
正如月亮有时为太阳一夜不眠。
做一只装满水的水桶，从黑暗的深井中
提起，然后提进光明。

## 十六、粗糙的证据

对哈拉噶尼[1]和他的妻子来说，爱是矛盾的，必定是对立的。两支军队画出战线，这边插一面黑旗，那边插一面白旗，接着，有什么在他们之间发生了。红海咆哮而至，把两支军队全都吞没。哈拉噶尼专横的妻子对他是适合的。他们在一起的热量让春泉解冻，并再次流淌。

在这个区域，爱是一个法庭，在这里，粗糙的证据必须提交。忠诚必须变为背叛，背叛必须变为信任，一个人才能成为真理的一部分。当然，爱是我们在这里所要活出的真理的很大一部分。

---

① 哈拉噶尼（Kharraqānī，卒于1033年）是那些没有有形的老师的苏非之一。“对那些宣称他们需要这样或那样的大师的人，我感到惊讶不已。你很清楚，我从来没有受教于任何人。真主就是我的向导，尽管我对所有大师都非常尊敬。”与他相似的还有尼沙布尔的阿塔尔，他接受光之存在哈拉智·曼苏尔的指引；伊本·阿拉比，他是希德尔的弟子，希德尔是那些没有大师之人的不可见的大师！他的“指引”并不包括领导所有人达到同一个目标。希德尔帮助一个人达成他自己的希德尔——生命的春天，让一个人挣脱字面意义上的宗教而获得自由的深奥真理。哈拉噶尼说：“每一个人都在寻求他个人的不可见的向导，或者，他把自己交托给集体的权威，作为他自己和启示之间的中介。”

会有考验到来。一个灵魂要成长为更深的爱，某种痛苦和苦难是必不可少的。生命必须活出来。苏非的定义之一就是，在突如其来的失望中感到喜悦。苏非知道，在正确的时机到来的正确灾难会让我们变得无助，而这正是打开心灵所必需的。这是严酷的真理，但真理就是真理。爱情靠近忠诚才会成长，当话语被谎言所沾染时，爱情就会消失。爱成长于人格的废墟中。有一片心灵的领域，一个人不会自愿进入，或在无意中进入之后会退避三舍。我并不经常去那里，对它也知之甚少。“业报”一词可能属于这个地方，奥登的一节诗也是如此：

哦，站在窗口，
当滚烫的泪水滴落，
你要用你不诚实的心
爱你不诚实的邻居。

W.H.奥登是最受人喜爱的英语诗人之一，原因是他把尖刻、缺乏信念和阴影带入他内心所感受到的爱的喜悦中。有一种迫在眉睫的危险。如果把这个维度留在爱情诗之外，就没有说出全部的真相。奥登也是一个同性恋者，这使他的作品更具有文化深度。

## 哈拉噶尼的婚姻

年轻的求道者搞不明白，一个老师怎能
和那个女人睡在一起！一个向导怎能
与小偷意见一致？

哈拉噶尼谢赫突然现身，他骑着一头狮子，
狮背上还驮着一捆柴火。他的鞭子，
是一条活蛇。每个大师都骑着一头猛狮，
无论你是否看得见。用你的另一双眼睛
了解这一点：有成千头狮子

在你老师的胯下，并且，
它们都驮着柴火！

哈拉噶尼了解这个问题，并立即
开始回答："嗯，这并不是出于
我想要忍受她！不要那样想。
并不是因为她的香水，或者，她艳丽的衣裙。

忍受她明显的不屑，已让我变得坚强
而耐心。她就是我的修行。

没有了相对的两极，什么也无法看清。
两面旗，一黑一白，
在它们之间，事情得到解决。
在法老和穆萨之间，则是

红海。”

## 我做过的蠢事

让你的阳光照耀这块牛粪，
把它晒干，这样我就可以
被用作燃料，把澡堂的水烧热。

看看我做过的可怕之事，
让草药和白玫瑰疯长。

太阳和大地一起参与其中。
想一想，从罪的肥料中
真主可以种出什么样的荣耀！

## 在海浪中，在海浪下

一个人在中午的集市徘徊，他的手中
拿着蜡烛，欣喜若狂。

“喂，”店主叫道，“你开什么玩笑？你在
找谁？”“呼吸

那神圣气息之人。”“嗯，这样的人可以
找出很多。”“但我要找的那位

既能发怒，又有欲望，同时，依然是一个完人[1]。”
“这可稀罕之极！

但也许你是在缘木求鱼。”有一条转动这些石磨
的河。人的意志是
一种错觉。那些骄傲于做出决定和执行决定的人
是最原始的人！看

思虑的水壶在沸腾，再看下面的火焰。
真主对艾优卜[2]说：“你

非常看重你的耐心。现在想一想，是我给了你
耐心。”不要专注于

水车的转动。转过你的头，凝视河水。
你说：“可我已经在

看着那里。”眼睛会有好几个迹象表明，
它们会一路看向海洋。

困惑是其中之一。那些研究泡沫和海边漂浮物的人
有各种目的，

他们最终会做出诠释！那些看向大海的人

---

① 完人（a true human being），指开悟者或得道者。——译者注

② 艾优卜，《古兰经》中的人物，相当于《圣经》中的约伯。——译者注

会成为大海，

他们无法谈论这一点。在海滩，有欲望在唱歌，
有愤怒在咆哮，

有个人性的精美的语言之舞，但在海浪中，
在海浪下，没有

意志，没有虚伪，只有爱在形成和展开。

## 托钵僧

当学校、清真寺和尖塔
倒塌，托钵僧就可以开始
建立他们的教团。直到忠诚

变为背叛，背叛变为信任，
一个人才能成为
真理的一部分。

## 鸽子

人们希望你快乐。
不要继续用你的痛苦来服务他们！

如果你能解开你受缚的翅膀
并释放你嫉妒的灵魂，

你和你周围的每一个人
就会像鸽子一样起飞。

## 当话语被谎言沾染

关于如何知道真假，
穆罕默德有过这样的忠告：

“当你感到平安喜悦，你就靠近真理。
如果你不安、远离中心、嫉妒或贪婪，

那你所做的事就做作，
而且，你周围的人也不真诚。

清晰地说出你所知道的真理，
让不安得到治愈。”

当话语被谎言沾染，
它们就像水珠滴进油灯。
如果灯芯无法点燃，在你的爱之屋，
快乐就会减少。

## 您在那里

您在每一个善良里。当一个病人
感觉好些，您既是这疗愈，

也是疾病的发作。您是突然间
可怕的尖叫。有些问题

需要我们求助。当我们敲响陌生人的
房门，是您派我们前往。没人应门。

这就是您！当感觉有必要工作，您
就是工人们有节奏的劳动。

您就是一切：球场、运动员、
球、观众。有人声称，
有证据表明：您并不存在。
您就是带来证据的那位，

以及证据本身。您在
灵魂的巨大恐惧之中，所有
自然的快乐之中，所有邪恶的凶残之中。有人
爱一样东西，也有人恨
同一样东西。您就在那里。无论任何人
想要或不想要：政治权力、不公正、

物质财富，这些都是您的剧本、

我们研究的笔迹。身体、灵魂、
影子。无论是鲁莽，还是谨慎，
您就是我们所做之事。请求您的原谅，

这很荒唐。您是内心的忏悔
和罪恶！各种珠宝、玛瑙、
翡翠的奇迹。白天和黑夜，我们
怎么样，您就是这些情绪，以及

我们对彼此的同情。
每一个营地都有一顶

住着领袖的帐篷，而广阔的
真理，就在您的帝国之帐中。

整夜谈论，有害无益，
我保守得最糟糕的秘密：
一切都与爱和不爱有关。

这一夜将会过去。
然后，我们都有工作要做。

起舞，当你将自己打开。

起舞，如果你扯下绷带。
起舞，在战斗的间隙。
起舞，在你的血液里。
起舞，当你全然自由。

关于灵魂，我所知道的一切
就是这爱。

## 你的缺陷

一面空镜子和你最糟糕的习惯，
当它们彼此相对，
真正的制作于是开始。
这就是艺术和工艺。

一个裁缝需要一件旧衣
来练习他的技艺。
树干必须被锯了又锯，
才能做成精美的家具。

你的医生必定有一条断腿
才称得上大夫。
你的缺陷，是彰显
荣耀的方式。

## 十七、冥想帕凡舞

这是我在2001年8月10日做的一个梦。我是一本分为三部分的书。第一部分和最后部分都有各自的名称，无始之始和无尽之终。中间部分则有一个奇怪的名字，我看见是用大写字母拼写的：冥想帕凡舞（MEDITATION PAVANE）。醒来之后，我记录下这个梦，觉得我以前见过“帕凡”这个词，尽管我并不知道它的意思，是某种类型的音乐？我在字典里查找。“一种端庄而华美的舞蹈，由情侣们穿着精美的服饰进行表演，源于15—16世纪的西班牙和意大利。”这是一种地中海地区的求爱舞蹈，长辈们围成一圈观看。这个词源于帕多瓦（意大利东北部城市）的一个俗称，并且和法语“孔雀舞”的民俗称谓有关，意思是像孔雀一样趾高气扬。因此，冥想帕凡舞混合了内心冥想的安静和社交求爱的表白。

有一个罕见的英文单词“pavonine”，意思是像孔雀一样，或具有色彩斑斓的修长脖子和像睁大眼睛一样的尾羽。街鸽有时脖子上套着pavonine铃铛。我上网搜索“pavane”。第三项搜索结果有两个熟悉的名字，巴里和谢利·菲利普斯，他们是我一个朋友的朋友，我很快就会和他们见面，并会在圣克鲁斯的一家书店（2001年10月）和他们一起朗读鲁米诗歌。他们是音乐家，擅长阿巴拉契亚、沙克尔和凯尔特音乐。

谢利有一盘CD叫《帕凡舞曲》。葫芦音乐（Gourd Music）是他们的标牌！我在1993年出版过自己的一本诗集，名字就叫《葫芦种子》。我曾种过葫芦。

这些关联非常清楚。我打电话给他们，请他们在我访问圣克鲁斯期间安排一段录音棚时间。那段时间后来变成了一张CD，我们给它取名为《对玫瑰说的话》，其中也包括在圣克鲁斯（2002年4月）的一场音乐会。求爱舞蹈的能量随着内在冥想而流动，让我们说，这种奥秘就是这一节所要探索的爱的领域。近距离的刺激和兴奋的情欲，与进入内在的净化一起踩着舞步。

在我的生活中，受到梦境引领的方式一直具有非常重要的意义。我已在别的地方好几次讲过这个故事，我是如何在1977年5月2日的一个梦中遇到我的上师的。我要再讲一遍这个故事：在我的梦中，我在家乡查塔努加以北5英里[①]的田纳西河边的一座悬崖上睡觉。我在梦中醒来，尽管我还在睡觉。一个光球从威廉斯岛上升起，并朝我飞来。它由内而外变得清晰，

① 英美制长度单位，1英里合1.6093公里。

并显现出一个人，他盘腿而坐，低着的头上缠着白头巾。他抬起头，睁开眼睛。我爱你，他说。我也爱你，我回答。那景色是我童年时代的最爱：蜿蜒的河流、岛屿，感觉浸透了爱，也可以说是在夜间形成的露水。我觉得露水凝结的过程，就是爱与世间物质混合的过程。这就是那个梦，我翻译鲁米诗歌的唯一凭据。我在梦里遇见上师一年半之后，在1978年9月，巴瓦·穆哈亚狄恩告诉我继续翻译鲁米的诗，“这一定要完成”。巴瓦于1986年12月8日去世。在其间的9年当中，我曾经作为访问学者，一年去费城好几次，每次三到四天。他从来没有要求我用金钱换取他慷慨给予我的智慧。咖喱也是免费的。当食物由一个开悟者烹饪，确实会更加美味。

因此，让我们喝茶，看着外面寒冷的大海。

## 恋人们的同伴

适用一切的准则是：
你如何待人，就期待别人如何待你。

如果你想了解真主，那就享受
恋人们的陪伴。如果你想被视为

一个伟人，那就学习某种精妙的观念，
并加以各种变化，把它作为

每一个问题的答案。如果你想要
活出你的灵魂，那就找一个
像夏姆士一样的朋友，并与他相伴。

## 让你睁开眼睛的容颜

我们等待灵感，并要求免费获赠，
神圣气氛的感觉就已足够。

那就把你的萎靡不振、你的麻木迟钝、
你无情的忘恩负义带来。

当我们遇见你，相聚本身
就会是一帖良药。我们就是疗愈，
是让你睁开眼睛的容颜。

## 稻秆和野草

一切非真，唯有真主，
完全臣服的老师这样教导，
他是所有生命的海洋。

创造的层次是海洋中的
稻秆。海浪将它们搅动。
当海洋想要稻秆平静，
它就把它们冲上海岸。

当它想要它们回来，它们
就被卷入汹涌的大海，
就像疾风席卷野草。

这，永远不会结束。

⚜

挚友，我们的亲密就像：
无论你的脚踩在哪里，
你都能在你脚下
感觉到我的坚实。

怀着这样的爱，
我怎会只看到你的世界，
而看不到你？

## 十八、爱之狗

苏非觉得，狗是我们的老师，它们忠诚、它们谦逊，我们回家时它们欢蹦乱跳地欢迎。它们教导我们，亲密无须语言；它们也教导我们，要全心全意地奉献自己。

在《周六夜现场》节目中，天主教神父约翰·利斯高在节目中听狗狗们的告解。一个关闭声音的摄像头替狗配音：“神父，我在半夜对猫狂吠。我打翻了一只垃圾桶，啃了鸡骨头。”但利斯高神父的脸和狗狗们的脸贴得如此之近，以至他的吟诵让狗狗们开心地朝他吠叫。这真是可笑极了，我们居然原谅它们。

## 海浪翻涌

我想要沉浸在如此热烈的爱慕之中，
以至于我的帐篷竖向天空！

让心上人来到我这里，
并像护卫犬一样坐在帐前。

当海浪翻涌，不要让我
只是聆听浪涛。让海浪在我胸中飞溅！

## 爱之狗

一天夜里，一个人在大叫：“安拉！安拉！”
他的嘴唇因赞颂而变得甜蜜，
直到一个人挖苦道：“行了！
我听到了你的呼唤，但你可曾
得到过任何回答？”

那人哑口无言。
他不再祷告，沉沉睡去。

他梦见，在一片浓密的绿荫中，
自己看见希德尔——灵魂的向导。

“你为何停止赞颂？”“因为

我从来不曾得到回答。”

“你所表达的渴望
就是回答你的讯息。”

让你呼喊的悲痛
把你引向合一。

你求助的悲伤
就是秘密的杯盏。

聆听一只呜咽的狗，它在寻找主人。
它的呜咽，就是与主人的连接。

有很多爱之狗，
没有人知道它们的名字。

把你的生命
交给它们中的一个。

一架水车在水中旋转。
一颗孤星和月亮一起转动。

我们生活在这夜的海洋上，不知道
这些灯盏是什么。

⚜

没有什么爱，能胜过
没有对象的爱，
没有什么工作，能比没有目的的劳作
更令人心满意足。

如果你能放弃技巧和机智，
那才是最机智的技巧！

## 一辆大马车

当我看到您的脸，石头开始旋转！
当您出现，所有的学习都迷了路。
我失去了我的所在。

水滴变成了珍珠。
火焰熄灭，没有造成破坏。

在您的临在中，我不再想要
自己原来想要的，那三只小小的灯笼。

在您的脸上，古老的手卷
看上去像是生锈的镜子。

当您呼吸，新的形状出现，

当春天像一辆大马车
开动，愿望的音乐
到处传播。

开慢点。和我们一路同行的人，
有的是瘸子。

## 亵渎和核心

我的灵魂一直在低语：“快，
做一个云游僧，一只坐在火宅中

的火蜥蜴。四处徜徉，
看火焰变成玫瑰。

就像这爱的秘密，我们既是
对伊斯兰教的亵渎，也是它的核心。

不要等待！开阔的平原胜过
任何一扇关闭的大门。乌鸦喜欢

废墟和墓地的树林。它们
会情不自禁飞向那里。而我们，

在这一天，要和朋友们坐在一起，
沉默在我们脸上发光。”

⚜

你是歌，
一首渴望之歌。

经由耳朵，进入中心。
那里有天空，那里有风，
那里有静默的知识。

埋下种子，把它们盖上。
在你劳作的地方，
会有嫩叶发芽。

⚜

一直走，但没有地方要抵达。
不要试图看穿距离。
人类无须如此。在内在旅行，
但不要走那条
恐惧让你走的路。

## 十九、奋力一击

在狂喜之爱中，我们会感到一种即将到来的危险，这种经验会剧烈地改变我们。这是真的。爱之贼偷走了我们最喜爱的房间的钥匙，偷走了我们半心半意的爱。阿亚兹碾碎了珍珠。当灵魂之爱来临时，会有致命的奋力一击。在国王的临在面前，物质的珍珠和它的价值会化为齑粉。极大的勇气和放弃伴随阿亚兹的行动而来。廷臣们感觉到了，他们跪倒在地，希望国王开恩。

鲁米的故事朝向意识敞开的一刻，于是就会在此时此地感觉到与挚友的友谊。智慧的海洋会变成我们在其中漫步的旷野。有什么就像跳跃一样发生（尽管它也许并不是我们所做的任何事），而生活会变得极其不同。你赤身裸体，浑身发冷。哈拉智说，跳入河中，抓住正好漂过的毛皮大衣。你跳下水，原来那是一头活熊！在这样的一刻，赌徒不知道或不在乎结果会如何。这头熊会穿着你回家。

⚜

闪电，你的临在
从大地，到天空。
当你这么快地把我带走，
没有人知道，我会变成什么。

⚜

我可以与任何人断交，
除了内在的临在。

任何人都能带来礼物。
给我把礼物带走的人。

⚜

挚友进入我的身体
寻找中心，却找不到它，
他抽出一把尖刀，
到处击打。

## 木笼

我也许正在拍手，
但我不属于拍手的群众。

既不是这，也不是那，我不是
喜爱笛声的一员，也不是
赌徒或酒鬼中的一个。
那些活在时间中的人，是
阿丹[①]的后裔，由泥土和水做成，
我不是他们的一部分。

不要听我说的话，
尽管这些话从内在传来，
又传到外面。

你貌美如花，
但他们是木笼。

你最好逃离我。
我的话语，是火焰。

我与出名、做出
重大的裁决或感到
羞耻无关。我不会借什么东西。
我不想从任何人那里
得到任何东西。

我流过人类。
爱是我唯一的伴侣。

---

① 阿丹，伊斯兰教中人类的始祖，相当于《圣经》中的亚当。——译者注

## 更多的山野

我们与杀死我们的那位
为友，他把我们交给海浪。

我们爱这位死神。只有无知
说：“暂缓一会儿，请等到

后天。”不要避开刀剑。
这位朋友只是看似凶残，他为你的

灵魂带来更多山野，让你的猎鹰
在风中的悬崖栖息。尔撒

被钉在十字架上，哈拉智也是。那些
荒谬的刑罚保守着一个秘密。

谨慎的愤世嫉俗者声称，他们知道
自己每时每刻在做什么，以及为何而做。

当太阳在今天早晨升起，粗鲁地
将我们的头脑熄灭，就像

熄灭星光，不要思虑，
要臣服于爱。

## 阿亚兹和国王的宝珠

一天，国王召集群臣，
他把一颗宝珠递给丞相。
“你说，这颗宝珠价值几何？”

“胜过一百驮的黄金。”

“把它砸碎！”
“陛下，我怎能毁坏您的宝物？”

国王赐给他一件荣耀之袍，
并拿回宝珠。

然后，他把宝珠
放在财政大臣的手中。“它能卖多少钱？”
“抵得上半个王国。真主保佑！”

“把它砸碎！”
“我的手可干不出这等事来。”

国王赐给他荣耀之袍，
又加了他的俸禄。于是，国王把宝珠
放在六十个廷臣的手中。他们一个个
都模仿丞相和财政大臣的做法，
都得到了国王的赏赐。

宝珠递到阿亚兹的手中。“你能不能形容
这颗宝珠有多么灿烂？”

“我无法形容。”
“那就砸碎它，就现在，把它砸得粉碎。”

阿亚兹梦见过此刻的情形，他在袖管中
藏了两块石头。他把珍珠放在石头中间，
把它压成齑粉。

就像尤素福在井底
听到他故事的结局，
所以，这样的听众明白，成功和失败
是同一回事。

不要担心表象。如果有人
想要你的马，就把马儿给他。马儿是为了
赶在别人前头。

阿亚兹的鲁莽
让众大臣惊呼：“你怎敢
如此胆大妄为！”

“国王的命令，重于任何宝珠。
我只尊奉国王的旨意，而非一颗发光的石子。”

大臣们立即跪倒，俯首贴地。

他们唉声叹气，乞求国王宽宥。
国王向他的刽子手挥了挥手，就像在说：
“把这些废物都拖出去。”

阿亚兹上前一步道：“您的仁慈
已让他们长跪不起。请陛下免他们一死！
让他们起身抬头，在您
清凉的漱洗池中清洗。”

阿亚兹说到这里，
我的笔突然折断。

“是您选择我砸碎宝珠。
不要因我酒醉的顺从
而惩罚众臣。等我清醒之后，
再惩罚他们，因为我再也不会清醒！

这些弯腰屈膝之人，
当他们起身，就会判若两人。就像叮在
乳酪上的飞虫，他们已成了您的乳酪。
群山在颤抖。地图和罗盘
是您手上的掌纹。”

胡萨姆，来自灵魂的千百种印象
都想要来到这里。

我因这丰盛而不知所措，

呆若木鸡。

## 哈拉智

哈拉智说完了他要说的话，然后穿过
绞刑架的洞口，前往源头。

我从他的长袍上剪下一块
价值一顶帽子的布，
它将我从头到脚盖住。

几年前，我从他家的墙上
摘过一枝玫瑰。玫瑰上的一根刺
依然留在我的掌心，越钻越深。

从哈拉智那里，我学会了
狩猎猛狮，但我变得
比猛狮还饿。

我曾是一匹欢闹的马驹。他把手
轻轻放在我的头上，
这让我头骨开裂。

一个人赤身裸体，来到他面前。
天寒地冻，有一件皮大衣
在河上漂浮。

“跳进河里，去抓住它。”他说。
你跃入水中。你伸手去抓
那件大衣。它也伸手来抓你。

它是一头活熊，在上游
掉进河中，顺着水流
漂到这里。

“你还要多久？！”哈拉智在岸上叫道。
“别等了，”你回答道，“这件大衣
已经决定，要把我穿回家！”

一个故事的一小部分，
就是一个暗示。你是否要听
更多关于哈拉智的说教？

## 二十、爱的过度

一次，有人问："什么是爱？"

"迷失在我之中，"我回答，"当这种情形发生时，你会知道这就是爱。"爱不会计算。这就是为什么说，爱是真主而非人类的一个品质。真主爱你，这是唯一说得通的说法。主体如此全然地变成了对象，以至于它无法倒转过来。如果你说"你爱真主"，那"你"这个代词又指代谁呢？

——《玛斯纳维》第2卷的前言

我、你、他、她、我们，
在神秘的恋人的花园，
这些并非真正的
区别。

——夏姆士·大不里士

鲁米的工作和生活的奢侈之处在于，他有一个理解的核心，这个核心就是爱，就是心灵。圣奥古斯丁谈论过“超越感官的灵魂之眼”。18世纪的神秘主义者伊曼纽尔·斯维登堡说，有一种不同于阳光的照亮心灵的光明，那就是“开悟”一词的含义。那些体验到这种不同视力和听力的人，经常处于一种不可言传的让他们的自我消失的喜悦之中。

如果由这样的认知而写出的诗歌不是过度的话，那才奇怪呢。处于灵性之中并不是一件寻常之事。每一只蚂蚁生来就佩戴精美的腰带。我们感觉到的这份爱流经我们，就像一首奉送的歌曲。

并不能说，鲁米的诗歌都来自恍惚状态。一个开悟的生命大多数时候都非常专注，他活在当下，非常实际，哪怕他在谈论最神秘的事物。“要理解内在光明的含义，你就必须理解身体。”

而鲁米的认知，就像他父亲巴哈尔丁[①]的认知一样，有许多层次，其中当然包括神秘的恍惚状态。

---

① 在《教理》第10篇中，鲁米讲了他父亲巴哈尔丁的一个故事。一位政府官员前来求教。巴哈尔丁说，官员不应该冒这样的险。“我处在各种状态之中，”他说，“有时候，我可以给你忠告，有时候，我给不出忠告。在一种状态中，我可以听别人讲他们的事，并回答他们。在另一种状态中，我独自待在房间里，什么人也不见。甚至有时候，我如痴如醉，消融于真主之中，根本无法沟通。你来我这里看是否有机会能和我交谈，这太冒险了。”他的臣服让这些状态就像天气一样流经他。他并不掌控它们。他是在和他的灵魂一起静修。这是爱的过度的流动性和自由。

## 喜悦之源

没有人知道，是什么让灵魂
如此快乐地醒来！也许，
一阵黎明的微风
吹开了真主脸上的面纱。

一千个新月升起。玫瑰们
绽开笑颜。心儿变得完美，就像
来自巴达克山[1]的红宝石。

身体完全变成灵魂。
在这风中，叶子成了树枝。

此刻，为何臣服是如此容易，
即使是已经臣服之人？

对于这些，没有任何答案。
没有人知道，喜悦之源。

诗人把呼吸注入一支芦笛，
每一根发梢都奏出音乐。

夏姆士从屋顶航向
尘土之海，我们的工作

① 巴达克山（Badakshan），中亚地名，以出产红宝石著称。——译者注

是替他看门。

## 诗歌

我将自己敞开，并装满了爱，
其余的一切都蒸发殆尽。

所有书本中的知识，在书架上
原封不动。诗歌，亲切的

文字和意象，就像山泉
向我倾泻而来。

## 鸟蛋里的歌

有时，真主的恋人会在
真主面前晕倒。然后，
心上人就会弯下腰，
在他耳边低语：“乞丐，铺开
你的长袍。我会在上面
堆满黄金。

我来保护你的意识。
它去了哪儿？回来！”

这样的昏厥是因为
恋人想要的如此之多。

一只小鸡邀请骆驼
光临它的鸡舍，结果，
它的家完全倒塌。

一只兔子闭上眼睛，躺在
狮子的怀抱。在灵魂的搜寻中
有一种过度，那是
深刻的无知。

让那无知做我们的老师！
挚友会将呼吸吹入
一个没有呼吸的人。

深深的静默回想起，
在河岸边相遇的两个人的聆听。

就像春风吹绿大地，
就像歌声从鸟蛋中开始，
就像这个宇宙进入存在。

恋人醒来，在喜悦之舞中旋转，
然后，跪倒并赞颂。

## 东方的神秘

我寻找那些时常欢笑、与众不同之人，
甚至他们，也要被打碎，
以让血液和天空成为一体，
因为启示如此惊人，就像
一片不干也不湿的海洋。

我寻找不再害羞或在意
对错的恋人，他们不在乎赞许
或名声。我已经看到
宇宙的智慧把它的脖子
伸向刀口。我问为什么，
并且得知：

在这聚会上寻找，并找出
那些像夏姆士一样的人，
他们把大不里士变成了
东方的神秘之源，
就像中国一样。

## 没有旗

以前，我想要有人买下我说的话，
现在，我希望有人出钱，
让我闭口不言。

我塑造了许多迷人而深奥的形象，
易卜拉欣[1]和他父亲阿扎尔的场景，
他以制造偶像出名。

我厌倦了我一直在做的事。
然后，一个没有形象的意象来临，
我不干了。

找别人来照看店铺。
我已不做塑造形象的生意。

终于，我明白了
疯狂的自由。

一个不经意的形象来临，我大叫：
“出去！”它消失不见。

只剩下爱。
只有旗杆，
没有旗。

① 易卜拉欣，伊斯兰教中的人物，相当于《圣经》中的亚伯拉罕。——译者注

## 二十一、爱的困惑

爱喜欢流淌，血液和精液、美酒和河流、羊水和圆圆的露珠都具有这种不受约束的特性。

爱会绽放。爱无法被长时间归入某一类，同样，诗歌则会庆祝爱。你可能会说，爱喜欢困惑，你说得没错。爱变幻不定、迅捷、激越、灵敏、充满生机和变化。

爱是互相重叠的领域的炼金术：动物、天使、人类，爱是开悟者的光明、他们的仁慈和他们做的饭。这一切都是不可言说的，只能被活出来。鲁米说，在真主之中保持困惑，仅此而已。但头脑一直在质疑，掉转头去，我不这么认为。在理性的领域，有着强烈的抗拒、恐惧和疏远，这往往会不信任边界的消融、对美的期盼和狂喜的诚实。

只有真主知道，我并不知道
是什么让我大笑。

当风儿吹过，
一朵花就会摇曳。

我伸手去拿一块木头。它变成了笛子。
我做了一件卑鄙的事。它却对我有帮助。
我说，在斋月，一个人不能旅行。
接着，我出发了，并发生了神奇的事情。

完全掌控，假装尽在掌握之中，
我们是骗子，有着高贵的权威。
也可能，只是油漆匠手中的羊毛刷。
我们根本不知道，自己是什么。

## 穆萨和牧羊人

穆萨听到一个牧羊人在路上祈祷：

“真主啊，
您在哪里？我想要帮助您，替您修鞋，
为您梳头。我想要替您洗衣服，
捉虱子。我想给您送牛奶，
当到了您上床睡觉的时候，
我想亲吻您的小手和小脚。
我想要打扫您的房间，让它保持整洁。
真主啊，我的绵羊和山羊都属于您。
要忆起您，我能说的只有‘啊——呀——’
和‘啊——啵——’。”

穆萨实在忍无可忍。
“你在和谁说话？”

“造了我们、造了大地
和造了天空的那位。”

“不要和真主谈论什么鞋子和袜子！
还有，您的小手又是怎么回事？
这样的亲热是一种亵渎，听起来就像
在和你叔叔聊天。只有会长大的
才需要牛奶。只有有脚之人
才需要穿鞋。而不是真主！”

牧羊人悔恨不已，
撕扯着他的衣服，漫步走进沙漠。
这时，穆萨突然获得了一个启示：

你已把属于我的一个和我分开。
你来此是要做一个团结的先知，还是分裂的先知？
我已赐予每一个生命独特的
看、了解并说出那知识的方式。

在你看来是错的，他认为是对的。
对于一个人是毒药，而对于另一个人是蜂蜜。
纯洁还是不纯，礼拜是否勤快，这些
对我毫无意义。所有这些都和我无关。

崇拜的方式不分更好或更坏。
印度教徒做印度教徒的事。在印度，
达罗毗荼的穆斯林做他们所做的事。
这些都是赞颂，他们都对。我并不

因崇拜而荣耀。崇拜者才如此！我并不听
他们说的话。我只看到谦卑。
那开裂的卑微才真实。忘了
如何措辞！我想要燃烧，燃烧。与你的

燃烧为友。那些注重言行之人
是一种人，燃烧的恋人
则是另一种。不要向遭受火灾
的村庄收税。不要责骂恋人。

他即使说“错”，也比别人
说“对”，要好上百倍。

在天房，你把祷告毯朝向
任何方向都没关系！

潜入海洋的人不需要雪地靴！
爱的宗教没有法典或教义。

唯有真主。
因此，红宝石上没有任何刻痕！
它并不需要什么标记。

真主开始告诉穆萨
更深的奥秘、预言和启示，
我无法在此一一记录。穆萨离开他自己，
然后又回来。他去了永恒，又
回到这里。这发生过很多次。

我多么愚蠢，想要
说清这事。如果我真的说清，
它会把人类的智能连根拔起。

沿着眼花缭乱的脚印，
穆萨去追赶牧羊人，

在一个地方，脚印就像
棋盘上移动的一个车。
在另一边，又像一个象。

一会儿，像高高跃起的波浪；
一会儿，像鱼儿一样滑落。

他的脚印，
一路在沙漠中画出占卜的符号，

记录下
他徜徉的轨迹。

穆萨终于追上了他。
“刚才我错了。真主已告诉我，崇拜
并没有规则。说什么都行，说出
你的爱要你说的每句话。

你最甜蜜的亵渎，是你
最真诚的奉献。经由你，整个世界
都获得自由。

松开你的舌头，不要担忧
会有什么结果。它们都是灵性的光明。”

牧羊人答道：“穆萨，穆萨，
我甚至已经超越了这些。

你抽打鞭子，而我的马
吓得灵魂出窍，连连后退。
神性和我的人性走到了一起。让我祝福

你挥鞭的手。

我无法说出，发生了什么。
我现在说的，并不是我真实的情形。
它不可言说。”

牧羊人于是一言不发。
当你照镜子，你看见你自己，
而不是镜子。

吹奏芦笛的人
将气息吹进笛子，是谁
吹出音乐？是吹笛者！

每当你说出赞美
或感谢真主，你就像
这个可爱而单纯的牧羊人。

在我听到我初恋故事的
那一刻，我开始寻找你，并不知道
那是何等盲目。

恋人们并不最终
在什么地方相逢。他们
一直都在彼此的心中。

## 晨风

酒如此苦涩，甚至让所有的苦
都变得甜蜜，一张美丽的容颜
正在老去。

希德尔泉水的味道，
种出橄榄树的话语。
一个像黎明一样的人

带来一个小小的建议：
你应该去拜访几次。

一个让死者复活的
墓边祷告，寂静
说出半个秘密、未说出的愿望。

晨风，我们会保持安静。无论你
对我们有什么样的理解，
去告诉生命，
我们一直向它们隐藏的秘密。

## 海洋的运动

爱是一片汪洋。这辽阔的天空，
上面有一点泡沫。

就像渴望尤素福的祖莱卡一样
心神不宁，

天空日夜变幻莫测。
如果没有爱，一切
都将冻结、静止。但相反，

无机的谷粒正在进入
植物。植物进入动物，
动物进入灵性，而灵性牺牲它自己，

为了那一口呼吸，让麦尔彦
童贞受孕。每一棵树苗都在茁壮成长，
宇宙在旋转，就像一只蝗虫
扑扇着翅膀，飞向完美。

每一颗微粒，在一首
运动的赞歌中得到净化。

## 无知

我不曾料到，爱会让我
如此疯狂，我的眼睛
就像杰伊洪河的急流
载着我冲进大海，
在海上，船的每一片残骸

都沉入海底。

一只短吻鳄抬起头，把海水
吞下，于是，海底就变成了
一片沙漠，把这头鳄鱼
盖在流沙中。

改变确实发生。
我不知道，已经消失的一切
如何保留下来，或留下了
什么，化为绝对。

我听到如此之多的故事
和诠释，但我沉默不语，
因为我什么也不知道，
因为我在海里吞下的东西，

已让我完全满足于
无知。

## 二十二、心的主人

爱，就是我们独自和心的主人在一起，他的美和深邃让我们不再孤独。是客栈的空间，而非络绎不绝的客人、店主、头脑和欲望在其中上演无数剧目的戏院。就像是说，莎士比亚就是大千世界本身，而非演员或掉进水中的书，也非嫉妒的恋人、雄辩而内省的运动员或满脸皱纹、自称“年迈而愚蠢”的国王，更确切地说，是他们居住其中的空间和源头。这个称作“主人的爱的领域”并不是想象。这个耀眼而充满光芒的虚空，就是诺斯替教派[①]所谓的“精神宇宙”。尼法里称之为“无知”。还有人称之为“无知之云”。

语言无法描绘它。我们在童年就对它有所了解，以后还会对它有更多的认知。河神、梦的导演、最能滋养我们灵魂的良伴，这就是我们所得到

① 罗马帝国时期在地中海东部沿岸各地流行的许多神秘主义教派的统称。——编者注

的伟大的爱，并让我们感觉它一直在支持着我们。

这样说并不公平，就好像每个人都有这种经验一样，因为事实并非如此。鲁米并不注重苦难的高贵或它令人心碎的哭喊对最终了悟他的诗歌所要谈论的奥秘有多么重要。它始于与夏姆士·大不里士的友谊。它现在依然在展开，正如很多诗歌所描绘的，这样的展开由密密的目光所编织。罗斯金①说：

一个人的灵魂在这个世界上所做的最伟大的事，就是看到什么，并明白无误地说出他所看到的。清楚地看见，就是诗歌、预言、宗教以及它们的总和。

巴瓦也说过非常相似的话：

你看到的一切都在讲述真主的故事。看着它们。真主在扩展，充满整个宇宙。所以，去看。你以一种形式存在。真主是无形的。你是可见的典范——太阳。真主则是太阳的光明。

---

① 罗斯金（1819—1900），英国作家、评论家、艺术家。——编者注

⚜

我如此之小，我勉强可以看到。
这伟大的爱怎么可能在我的内在？

看你的眼睛。它们虽小，
但能看见巨大的东西。

## 眼睛

当视野清晰，在看的是什么？
没有故事的核心，它是否见过任何东西？

当然，视力是忠诚的。
买眼药的人看不清楚，
但至少，他选择治病就好。

有人在看向白天和黑夜之外，
当你的眼睛闭上、睁开、闭上，当黑夜
变成白天、白天变成黑夜，当眼睛
像微粒在阳光中飘浮，
而太阳，就是你的脸。

没有了你，对于灵魂，我们的眼睛
也许是一种危险，但有了你，它们就变得
和灵魂一样。当这种情形发生，

心儿就看见！

你可以说，眼睛看见真主，但，是真主
在看，正如《古兰经》所言，当沙丘
看着真主，眼睛就出现在每一块石头上。

⚜

我的内在充满了你。
皮肤、血液、骨头、头脑和灵魂。
没有空间留给信任或不信任。
在这存在中，什么也没有，除了那存在。

⚜

当你觉得你的嘴唇变得
无限而甜蜜，就像天上的明月。
当你感到你内在的辽阔，
大不里士的夏姆士也会在那里。

## 粮仓

在世界存在之前，苏非大师们的灵魂
就存在了。在身体存在之前，
他们活过许多世。在种子
进入地下之前，他们收获过麦子。

在海洋出现之前，他们穿起了珍珠。
当伟大的相会正要
将人类带入存在，
他们站在智慧之海，脸露出水面。

当一些天使反叛创造，
苏非大师们笑了，他们鼓掌。
在物质形成之前，他们知道
被困在物质中会是怎样的情形。

在夜空出现之前，
他们看见了土星。在麦子出现之前，
他们品尝了面包。没有头脑，他们思考。
对于他们，即刻的直觉，最简单不过，
而对于他人，这可是顿悟。
我们很多的想法，属于过去或未来。
他们不受这种束缚。在矿藏被挖出之前，
他们扔硬币来选择。在葡萄园出现之前，他们就知道

将会到来的酒酣。在七月，他们感觉到
十二月。在万里晴空下，他们找到阴影。
在法纳中——对象消融的状态，
他们辨认事物，并理智地评论。
开放的天空从他们旋转的杯盏
取饮。太阳身披他们慷慨的金袍。
当他们中的两个人相遇，
他们不再是两个。他们是一个，也是

六十万个。海浪与他们最为相似，
当风儿把一体变成众多。太阳也是如此，
它迸发出阳光，穿透窗户，照进身体。

太阳的圆盘确实存在，但如果你
只看见阳光，你就会心生疑虑。
人与神性的组合，是一个整体。
众多，就是裂成一道道阳光。

朋友，我们正在一起旅行。抛开
你的疲惫。让我给你看一点点
无法言说的美丽。我就像一只
奔向粮仓的快乐蚂蚁，想要搬走
一颗太大的谷粒。

## 瞭望台

在夜里，当你从你的店铺
穿过街道，来到墓地，
你会听见我从敞开的坟墓里
向你欢呼，你就会明白
我们一直都在一起。

我是你存在中
清明的意识核心，有时狂喜，
有时因自我憎恨而疲惫。

那天夜里，当你摆脱对蛇咬的恐惧
和对蚂蚁的恼怒，你就会听到
我熟悉的声音，看蜡烛正在点燃，
闻一下熏香，以及你所有心上人中的心上人
为你准备的惊喜晚餐。

这内心的骚动，是我给你的信号，
要你在墓地点火，所以，不要
惊讶于尸衣和路上扬起的尘土。
在我们相会的音乐中，他们扯开尸衣，
狂奔而去。

不要按世人的形象寻找我！
我就在你的视线中。如此强大的爱
若被赋予形象，没有空间能容下。

敲响鼓，并让诗人发言。
对于那些已经成熟并懂得
爱之真谛的人，这是
净化的一天。

无须等到我们死去的那一天！
在这里，还有比金钱、名声和烤肉
更重要的东西值得追求，

现在，我们要把这种新的瞭望台
称作什么？它已经在我们的城里，

人们静静地坐在里面，将他们的凝视
像光线一样倾泻，就像是在回答。

## 客栈

做人，就像是开一家客栈。
每个早晨，一个新来的客人。

他们中有喜悦、沮丧、吝啬，
某个一瞬间的觉悟，
就像不速之客光顾。

要欢迎并款待每一个客人！
即便他们是一群悲伤之徒，
会扫荡你的客栈，
把家具清空，但还是
要招待每一个客人。
他们会为你腾出空间
以容纳新的快乐。

阴暗的念头、羞耻、怨恨，
你都要在门口笑脸相迎
并请它们进门。

要心怀感激，无论是谁光临，

因为他们都来自天外，
前来将你指引。

要和你心灵的主人一起，
时时检查你内心的状态。

黄铜不知道它是铜，
直到它，变成黄金。

你的爱不知道雄伟壮丽，
直到它知道，它的无助。

## 你必须做的一件事

在这个世界上，有一件事你千万不要忘记做。如果你忘了其他任何事，没什么可担心的，但如果你记住了所有其他的事，单单忘了这一件，那你的一生都荒废了。

这就像是国王派你去外国完成一项任务，而你在那里完成了一百项别的任务，唯独没有完成国王交给你的任务。同样，人们来到世界上，都有特别的工作要做。这项工作就是目的所在，而每个人的工作都各不相同。如果你不去完成它，那就像是用一把印度的无价宝刀来剁肉糜一样。就像是用一只金碗来煮萝卜一样，而金碗的一点碎屑就可以买来一百口铁锅。就好像拿一把锋利的宝刀插在墙上用来挂东西一样。

你会说："但你看，它派上用场了。我并没有把它束之高阁。"你没有听出来，这有多么可笑吗？一分钱就可以买到一根铁钉。你说：“但是，我把我的精力花在崇高的工作上了。我研究哲学、法学、逻辑学、天文学和医学。”但想一想，你为什么要做这些事。它们只是你的兴趣和让你炫耀的东西。

记住你存在的根本，你主人的临在。把你自己交给那位拥有你的呼吸、你的每时每刻的那位。如果你不这样做，那你就无异于那个拿宝刀插在墙上挂葫芦瓢的人。你会浪费你宝贵的热情，并忘记你的尊贵和目的。

## 我们现在拥有它

我们现在拥有它，
这并不是想象。

它不是忧愁
或喜悦，不是评判、
快乐或悲伤。

它们来了又去。
它是不来不去的
临在。

胡萨姆，它是黎明，
在珊瑚的辉煌中，
在挚友的内在，在哈拉智所说的
简单的真理中。

除此之外，人类还可能想要什么？

当葡萄变成美酒，
他们想要的是这个。

当夜空倾泻而下，
真的有一群乞丐，
他们都想要分得一些。

我们现在就是它，
被创造成身体，由一个个细胞，
就像蜜蜂建造蜂巢。

人体和宇宙
从中生长，而非
它从宇宙和人体中生长。

# 译后记

万源一

鲁米在《玛斯纳维》中讲过一个寓意深刻的故事。在巴格达，有一个人继承了巨大的家产，但他不知珍惜，挥霍一空。在穷困潦倒之际，他向真主祈祷。最后，他在梦中听到一个声音告诉他："你的财富在开罗。去那里的某个地点挖掘，你就会找到你想要的财富。"于是，他历尽艰辛，一路跋涉，终于来到开罗，但他已身无分文，只能靠乞讨为生。巡夜的警察误以为他是小偷而抓住他。"等一等！"他向警察解释道，"我并不是小偷，我住在巴格达，刚刚来到开罗。"接着，他道出了自己做的梦和埋在地下的宝藏。警察对他的话深信不疑，对他说："虽说你是个好人，但你有点笨。我也做过这样的梦。在梦中，有个声音告诉我，在巴格达某某街的某个地方，埋着一座宝藏。"警察说的正是这个人住的地方！他甚至还提到了这个人的名字！警察说："但我并没有按梦中的指示去做。看看你，你这样做了，在世上流浪，落得沿街乞讨，穷困潦倒！"那个寻求者却在心中暗想："我所渴望的，原来就在巴格达我自己的家中！"

鲁米借这个寻求者之口总结道："生命之泉就在这里，我一直在其中畅饮，但走过漫漫长路，我才明白！"

有趣的是，巴西作家保罗·柯艾略根据这个故事改编的小说《牧羊少年奇幻之旅》在全球畅销6500万册。美国诗人科尔曼·巴克斯翻译的鲁米诗集《在春天走进果园》也创造了诗歌出版的奇迹，在美国售出50万册，掀起的鲁米热潮蔓延整个西方世界。

鲁米的诗歌，之所以在当代美国乃至全世界受到如此广泛的喜爱和欢迎，原因有很多，根本的一点是，鲁米不仅是一个满怀渴望与狂喜的诗人，他更是一位大师、一位开悟者。他深邃浩瀚的心灵世界决定了这些爱的诗歌的高度和品质。翻译和阅读鲁米，我感觉就像是在玩一个神秘而有趣的拼图游戏。我想象自己徜徉在鲁米生动而优美的诗歌海洋中，一路采撷它的粼粼波光，这些智慧的闪光就像一片片拼图的碎片，我尝试拼凑、还原出诗人所要展现的一幅宏伟绚烂的心灵世界的画卷。

**虚幻与真实** 作为伊斯兰教神秘派别的苏非派，其最大的特点在于："一切非真，唯有真主"。这句话一方面道出了世间一切的虚幻本质，另一方面，它也肯定了真主是唯一的真神和造物主的地位。我们是真主的受造，来到这个幻觉的世界。我们受着两股能量的吸引，一种是动物能量，一种是灵性能量。只有当我们活出动物的能量，我们才会明白，这些满足并不是我们真正想要的。我们在这里还有更重要的目的，那就是追随神秘的渴望，并且超越它们，回到我们原来的家中——真主的怀抱。因此，我们在这里"并不是为了牟利，也不是为了欢愉，甚至不是为了喜悦"，而是要"把你的生命交给你内在的那一位"，如果你不这样做，鲁米说，你就是在浪费你的生命。他也为我们描绘了那些逃亡者的形象，他们会忍受与真主的"分离之苦，痛苦，但依然欢笑。欢笑就是恋人之道。他们快乐地活，快乐地死，始终容光焕发，知道正在到来的回归"。

"我们是这里的异乡人。"鲁米对我们身处其中的时空幻境有着深刻的认识。一方面，物质世界就像泥潭一样，我们面临深陷其中的危险；另一方面，他也明白，这一切只是造物主的一个设计而已。虽然我们的身体感官摇摆不定、模糊不清，欲望让我们执迷和昏睡，但我们心中始终有一团清澈的火焰。并且，真主会为我们派来先知和向导，并赐予我们恩典和祝福。这就像是在玩一个发现宝藏的游戏，而宝藏就在我们自己心中。或者说，我们身处天堂，在梦中梦见另一个有形有相的幻觉世界，当我们开始相信梦中的世界，我们就忘了自己真正在哪里。而当我们认出梦境的虚幻不实，我们就会从梦中醒来。

这一历程就是灵魂的进化过程。从矿物，到植物，到动物，再到人类，“我们已由我们最初的样子改变了千万次，每一次的展开都好过上一次”。我们在这里所要做的就是转化的工作，把欲望转化为渴望，把愤怒和仇恨转化为喜悦和爱，是要“让不可见的灵性经由你而闪闪发光”。

**寂灭与回归** 苏非派认为，心灵才是我们最根本的存在状态，爱则是一条寂灭之路。我们最初的状态是非在，我们的回归之旅就是要回到与真主合一的境界。而这样的回归，并非发生在死后，相反，鲁米敦促我们，要“在我们死前死去”，这就是消融于心灵之中。

这样的合一经验就是鲁米所说的“法纳”，我们因品尝到了真主的甜蜜而狂喜。但我们还会从法纳中回来，这也许就是所谓的“看山还是山”的阶段，不同的是，我们内心怀着一份清明、一份不可动摇的平安，活在当下的每一刻，展现出灵魂之美。

在鲁米眼中，存在包含于非在之中，是本质的彰显形式。在《恋人若能赴死》一诗中，鲁米写道："一个伟大的灵魂来到夏姆士面前。'你在这里干什么？'回答：'那里有什么可做？'""这里"指的就是我们所处的现象世界，"那里"则是我们所来自的合一境界。两者的区别，就是有无之别。在鲁米看来，存在就像是一只鱼钩，"任何被抓之人都会失去自由的喜悦。被钉于四大元素就是一次十字架受难"。非在则是"我们在其中畅游的海洋"。已经深深认同于头脑和身体的我们，对寂灭、非在和虚空有着本能的恐惧，鲁米则为我们展现了另一种截然相反的视角：我们"以为我们将要消解于非在，但非在更害怕，它会被赋予人形"！

鲁米提醒我们，我们的灵魂就像国王的猎鹰，有着高贵而神圣的品质，并且拥有自由意志，能够摆脱自我而体验到灵魂的喜悦。他形象地用水滴回到大海的比喻告诉我们，这种表面的放弃并不是一场灾难，而是回归，是一场合一的婚礼。

**爱与臣服** 鲁米诗歌中所谈论和描绘的爱，与我们通常所认知和理解的爱是截然不同的。爱是"最后一包三十磅重的货物，当你把它装上船，船就会底朝天"。鲁米所说的爱，就像是"一个疯子，执行着他疯狂的计划，撕扯下他的衣服，在山中奔跑，喝着毒药，现在，安静地选择寂灭"。这样的爱与真主有关，实际上，爱就是"真主的一种品质"，对真主来说，一切都是爱，一切都处于爱之中，甚至可以说，真主就是爱本身，那是一种无限而永恒的境界。在这种状态下，爱是无条件的，也一无所需，甚至没有爱的对象。恋人、心上人、爱，三者已合而为一。我们所了解的世间层面的爱，则是局限的，必须依附于对象，带有各种条件，需要讨价还价，随时会中止和收回。鲁米称这种爱是“没有实质的影子”，但他也说，“这样的爱，也是无限之爱的一部分，少了它，世界就不会进化”，“真主就活在一个人和他所想要的对象之间”，“多么神奇。真主就在吸引你的事物之中”。

鲁米告诫我们，要用这样一种方式坠入爱河，它会把你从任何束缚中解放出来，要“将自我清空，并用爱填满”。作为回归真主的方式，爱既狂野，又令人困惑。因为这样的爱会让你“失去你曾经认为有价值的一切”。但这样的爱会带来觉醒。我们由此而进入臣服的阶段。“我完全信任真主。我是一只等着被踢的皮球。我自己什么也不做。这就是当你不再尝试、让吸引你的源头完全掌控时所发生的情形。”这样的臣服会让我们变得“无助和愚钝”，对任何事都不再确定。在《谁借我之口发言》一诗中，鲁米有惊人的一问：“谁把我带到这里，谁就必须带我回家。”乍一看，这是一种酒醉后的冒犯和挑衅，但再细细想来，这又何尝不是一种深深的臣服。他在这首诗中又说：“我来到这里，并非自愿，同样，我也无法离开。”

**挚友与真主** 可以说，是大不里士的夏姆士造就了作为伟大心灵诗人的鲁米，鲁米的这些诗歌则是对这位挚友的渴望、思念和赞颂。夏姆士到底对鲁米意味着什么，鲁米的这句话道出了其中的秘密：“我原以为属于真主的品质，如今，我在一个人的身上看到了。”夏姆士就是真主的化身，这就是鲁米所说的“夏姆士·大不里士，你的容颜是每一门宗教想要牢记的一切”的真正含义。因此，每当鲁米提及挚友时，他同时也是指太阳，更是指光明的本质——真主，或心上人。在鲁米眼中，真主是所有可见和不可见的事物、存在与非在的至高无上的创造者。但鲁米对这位造物主并无丝毫敬畏或恐惧之情，相反，他处处表露出一种恋人之间才有的爱的亲密：“心上人是一头狮子，而我们是他爪下跛足的小鹿。”

在鲁米的世界里，真主是最真实的现实。“如果你想了解真主，那就享受恋人的陪伴。”“无论我寻找什么，我始终在寻找您。”“我的心上人是不是无处不在？”“带来快乐的一切，都是挚友的芳香。让我们惊奇的一切，都来自那光明。”

他认识到，“只有与您合一才会带来喜悦”，“慈爱的真主是唯一的喜悦”。当我们在爱中与真主合一，我们只剩下一种海洋般的感觉，一种消失于阳光中既空又满的感觉，这就是狂喜的核心。他最终认识到，那位挚友就是“你最本质的自我”，“开启者和被开启者是同一回事！”

**自我与自性** “我是谁？”这是每个人都问过的问题，但并不是每个人都已找到令自己满意的答案。鲁米的回答或许会带给我们启发或共鸣。“你是谁？内在的视力？心灵？半明半暗的神性，这是不是你？”“你是灵魂，你是爱，不是一个精灵、天使或人类！你是一个神人或人神！”这样的答案我们也曾听说过、思考过，但并没有可靠而确凿的证据，我们大多数人大多时候把自己认同于身体、头脑、个性、身份、地位、关系、名声和财富。而在鲁米所描绘的更远、更广阔的心灵画卷中，这样的认知会显得荒谬可笑。我们就像受了女巫诅咒的喀布尔王子一样，沉溺于感官世界，任由命运摆布，不得安宁和自由。他说，“当欲望之鸟看着物质世界所提供的一切，并追逐着它的欲望，它真的是在啄食它自己”，“我们都在悲喜之间被拖来拖去，就像脖子上拴着两根绳子”。

鲁米得出的结论是，必须否定自我，放下头脑。当你把头脑踢开，“一千条新的道路就会清晰展现”。这就是先知和完人给我们带来的启示：“无我才是你真正的自我、宝剑和盔甲。而大多数人都这样活着：就睡在清澈溪流的岸边，却依然口干舌燥。在梦中，你跑向海市蜃楼。当你一路奔跑，你为看到了绿洲而自豪。”他要求我们要像乌姆鲁勒·盖斯和塔布克国王一样，“离开了虚假的自我，活在更真实的自性之中”。鲁米把这种自我超越称作“另一种死亡”“爱的杀戮”。经由这样的转化，“你曾经是火，现在，你是光。你曾经是一粒生涩的葡萄，现在，你丰满多汁，如今，你是一颗甘甜的葡萄干。一点星光变成了太阳”。

**开悟与看见** 我曾有过这样的疑问：一个开悟者和常人到底有什么样的不同？我的答案是，并不是他们比常人多了什么，并不是他们多了与众不同的禀赋、神通或特殊的恩典，而是他们比常人少了什么，他们少了常人所不愿放下的自我和对幻觉的执着。他们看自己、看世界的眼光完全改变了。鲁米说："经由夏姆士的眼睛，看到的水滴全都是宝石。"英译者科尔曼·巴克斯问他的上师："我在你眼中看到的智慧，是否有朝一日也能来到我的头脑中，并用它去看世界？"巴瓦回答道："直到这个我成为我们。"这个简单的回答道出了开悟的本质，开悟者可以说是一个无我之人，至少，他对自性的认同已几乎完全取代了对自我的认同。

就像盲人摸象一样，感官认知有着明显的局限和缺陷。鲁米提醒我们，还有另一种看的方式。我们都有"能看到永恒的眼睛"，那就是灵性的视力，这种眼光"看待事物的方式，与它们所是的样子正好相反"，"对于那些用灵魂之眼看的人，甚至身体的死亡都是美丽的"。这就是内在之眼，它能看见肉眼所看不到的另一种光明。这就是与真主的合一之光，"当你看到合一的辉煌，二元性的吸引力就显得让人心碎而又可爱，但不再那么有趣"。

**头脑与灵魂** 鲁米的生命观并不局限于生死之间的短暂间隙，他所看到的是一幅更为壮阔的灵性生命的图景。他已看穿死亡的虚幻不实，身体的死亡就像睡眠一样。不朽的灵魂在这里是为了成长和盛开。他说："灵魂在这里是为了它自己的喜悦。"外在世界则是内在世界的反映和彰显。大多数人为自然之美所吸引，但我们并没有意识到，我们只是爱着溪水中的倒影，而完全忽略了它的源头——灵魂的存在。“要努力去闻真正果园的芳香。品尝葡萄园中的葡萄园。”

在这里，我们的灵魂就像是《印度鹦鹉》中那只笼中的鹦鹉，它被束缚于身体之中，失去了它本有的自由。而我们从这里逃脱的过程，就像是从头脑中孵化出灵魂之鸟。鲁米指出，正如年老的哲人临终前所认识到的，他的头脑对他并无帮助，“我一直愚蠢地四处奔忙，想要躲开圣人”。而只有灵魂才能让我们获得平安和喜悦，让我们更加接近真理。

鲁米观察到，人们的心灵是相通的，“在彼此之间，我们有道路相连”。这是灵魂与身体的一个重大区别。每一个人的身体都是相互分离和独立的，而灵魂彼此相连，甚至不分彼此，“穆萨在尔撒的灵魂中，正如尔撒也在穆萨的灵魂中”。同样，生命也是一个整体，“许多生命，在一个生命之中”。

灵魂，或灵魂的总和——灵性，到底是什么呢？爱或真主可以说是它的同义词。当鲁米进入与真主合一的状态，他感觉到“恋人和挚友，是同一个生命”。从个体灵魂到无我的灵性，还需要经历一次转变，这就是鲁米所谓的“羚羊追踪狮子”。这种纯粹灵性的观念最终必然会得出结论：我们是一体的，这就是哈拉智所道出的真理——“我就是真主”。

**修行与悟道** 鲁米鼓励人们从经验中学习，哪怕我们像蠢笨的驴子一样为世事而奔忙，“我们暂且眼瞎一会儿也有好处，这有助于我们的学习！”他认为，最切实可行的修行，并不是遁入荒野、与世隔绝，而贵在循序渐进、持之以恒。“逐渐减少你给你动物灵魂的食物，更多品尝滋养你清澈光明的食物”，“坚持每天修习。你的专一，是门上的铜环”。要培养自己的觉察力，“要和你心灵的主人一起，时时检查你内心的状态”；要学会权衡取舍你面前的诱饵和大海中的自由，“请回想一下，你灵魂的挚友对你的呼唤”。并且，要培养与挚友的友谊，最终达成无我和与真主合一的状态。

“如果没有巨大的悲伤，没有人能进入灵性。”这是鲁米的经验之谈。他认为，悲伤和痛苦有着独特而不可替代的作用，因为它们能打开我们的心扉，让我们找到爱，并把我们带向挚友。而挚友对我们的帮助之一，就是为我们带来“困难、悲伤和疾病”，所以说，甚至你的缺陷都是彰显荣耀的方式。“会伤害你的，也会把你祝福。黑暗就是你的蜡烛。”鲁米也常常提及渴望的重要性，他说：“渴望是奥秘的核心。渴望本身会带来疗愈。”正是我们的干渴，把我们引向真主的不竭泉源，正是我们的渴望，为我们带来平安，让我们擦亮自我之镜。他还说:“如果我从来不曾感受过这渴望，我就不可能知道，爱是什么。”

鲁米把修行的过程形象地描绘为一种转化，是蜡烛燃烧、化为光明的过程。在这个过程中，“灵魂从知道的灵魂那里受益”，谢赫或老师，有时起着至关重要的作用，“我们都需要很多的学习、谢赫的很多提醒、很多翻转和很多搅拌。慢慢地，内在的黄油就会出现。不要过早放弃搅拌的工作！”另一方面，鲁米也反复提醒，要认出我们自己内在的神性智慧，“在你的内在，有一眼泉水。不要拿着空水桶转来转去”，“在你的头顶，有一篮新鲜面包，你却挨家挨户乞讨面包皮”。

鲁米强调，要“用冥想和静默擦亮你的心灵”，他形象地告诉我们:“你陈旧的生活，原本是逃离静默的一路狂奔。现在，无言的满月已经升起。”静默是深入内在生命核心的必经之路。我们要停止让核桃壳发出声响，而去品味核桃中油脂的静默，“那甜美的喜悦，就是我们费力打开核桃的原因”。经由静默，“灵魂会变得甜蜜，并会更加繁盛”，而纯粹的静默，是一首虚空之歌，会带来平安，并导向与真主合一。

阅读鲁米的诗歌，不仅会带来心灵的愉悦，体味到灵性的自由，也会让我们深入自己的内心，唤醒有关自己源头的沉睡记忆。当我们徜徉在鲁米丰富而广阔的意象海洋中，我们享受着他所带来的爱的盛宴和喜悦的美酒。但最为重要的是，我们有机会走进一个伟大灵魂为我们展现的心灵世界，并进入语言所无法触及、活在我们每一个人内在的神性临在。

全文完

著作权合同登记号：图字18-2014-230

**图书在版编目（CIP）数据**

万物生而有翼 /（波斯）鲁米著；（美）巴克斯英译；万源一汉译.—长沙：湖南文艺出版社，2016.5（2025.1 重印）
书名原文：Rumi：The book of love
ISBN 978-7-5404-7536-9

Ⅰ.①万… Ⅱ.①鲁… ②巴… ③万… Ⅲ.①诗集—伊朗—中世纪 Ⅳ.①I373.23

中国版本图书馆CIP数据核字（2016）第054255号

**上架建议：心灵·诗集**

WANWU SHENG ER YOU YI
**万物生而有翼**

**作　　者：**［波斯］鲁米
**英　　译：**［美］巴克斯
**汉　　译：**万源一
**出 版 人：**陈新文
**责任编辑：**薛　健　刘诗哲
**监　　制：**邢越超
**策划编辑：**李彩萍
**特约编辑：**何琪琪
**版权支持：**姚珊珊
**营销支持：**文刀刀　周　茜
**封面插画：**Anastasia Suvorova
**封面设计：**利　锐
**版式设计：**张丽娜
**内文插画：**H丿S
**出　　版：**湖南文艺出版社
（长沙市雨花区东二环一段508号　邮编：410014）
**网　　址：**www.hnwy.net
**印　　刷：**河北尚唐印刷包装有限公司
**经　　销：**新华书店
**开　　本：**640mm×955mm　1/16
**字　　数：**250千字
**印　　张：**16
**版　　次：**2016年5月第1版
**印　　次：**2025年1月第4次印刷
**书　　号：**ISBN 978-7-5404-7536-9
**定　　价：**48.00元

**若有质量问题，请致电质量监督电话：**010-59096394
**团购电话：**010-59320018